KB080229

은유법

은유법

복일경 장편소설

세종마루

이 세상 도처에서
쉴 곳을 찾아보았으되 마침내 찾아낸,
책이 있는 구석방보다 나은 곳은 없더라.

- 토마스 아 캠피스 -

차례

8 은유법

코드명 SE17-12

    한낮인데도 도서관은 어두웠다. 가을 햇살이 2층 창문을 비집고 들어왔지만, 무거운 책장에 이내 가로막혀 버렸다. 먼지를 뒤집어쓴 여섯 개의 형광등도 어두컴컴한 실내를 밝히기엔 역부족이었다. 도서관이 그렇게까지 어두운 이유는 말도 안 되는 건물 구조 때문이었다. 사실 도서관 주변에는 빛을 가릴 구조물이라곤 전혀 보이지 않았다. 보이는 거라곤 황량한 돌무지와 아카시아 몇 그루가 전부였다.

문제는 도서관의 창문 방향이 일제히 아카시아를 향하고 있다는 점이었다. 전해지는 소문에 의하면 건축가는 따가운 햇볕도 피하고 도서관 안을 아카시아 향기로 채우고 싶은 마음에 방향을 그리 정했다고 한다. 하지만 도서관을 채우는 건 형광등으로도 몰아낼 수 없는 어둠과 시도 때도 없이 찾아오는 말벌들뿐이었다. 정말이지 제대로 된 건축가의 설계라면 절대로 나올 수 없는 구조였다. 어른들은 그런 도서관을 볼 때마다 혀를 차며 안타까워했다. 하지만 십 년도 넘은 건물은 물론이고 이미 죽어 땅에 묻힌 건축가를 탓할 수만은 없었다. 사실 도서관이 이렇게까지 흉물스럽게 변한 이유는 건물의 이상한 구조 때문이기도 했지만, 책을 읽는 사람이 거의 없기 때문이었다.

요셉은 창가에 앉아 말없이 홀로 책을 읽고 있었다. 책을 읽는 눈동자는 밝게 빛났지만, 미간은 잔뜩 찡그린 채였다. 헝클어진 곱슬머리가 자꾸만 흘러내려 눈앞을 가로막았다. 요셉은 머리카락을 연신 쓸어올리며 오늘은 반드시 미용실에 가고 말겠다고 마음속으로 다짐했다.

책장을 넘기는 요셉의 손길은 시간이 갈수록 빨라졌

다. 책을 받친 왼손은 나사로 고정된 것처럼 보였고, 책장을 넘기는 오른손은 흡사 직조기의 셔틀 같았다. 그보다 더 빠른 건 책을 읽는 눈길이었다. 페이지를 넘길 때마다 왼쪽 위부터 오른쪽 아래까지 사선으로 움직이는 눈동자의 움직임은 책을 읽기보다는 훑어내리기에 가까웠다. 책을 읽을수록 미간의 주름은 점점 깊어졌는데, 덕분에 창백한 피부를 뚫고 나온 주근깨들이 더욱 도드라져 보였다.

창가에는 커다란 테이블이 네 개나 놓여있었다. 하지만 그중에서 책을 읽을 수 있을 정도로 밝은 곳은 요셉이 앉아 있는 테이블뿐이었다. 창문이 모두 환한 들판 쪽이 아닌, 숲을 향하고 있어서였다. 그나마 요셉을 비추던 한 줌의 빛마저도 서가를 향해 점점 달아나고 있었다.

책에 그늘이 내려앉자, 요셉은 눈을 들어 주위를 둘러보았다. 도서관의 초라한 모습이 한눈에 들어왔다. 색이 바랜 커튼은 한쪽 끝이 떨어진 채 간신히 창문에 매달려 있었고, 마루에는 벗겨진 페인트 조각들이 군데군데 떨어져 있었다. 문이란 문은 모두 닫혀 있는데도 커튼은 계속해서 흔들렸다. 창문 틈을 비집고 들어온 바람이 커튼과 벽에 붙어 있는 소식지를 끊임없이 흔들어 댔다.

그때 어디선가 이상한 냄새가 풍겨오기 시작했다. 그 퀴퀴한 냄새는 농장 근처에 쌓아둔 퇴비나 시궁창에서 나는 냄새와 비슷했다. 요셉은 킁킁거리며 냄새가 어디서 나는지 찾기 시작했다. 읽고 있던 책도 아니었고, 책장 쪽은 더욱더 아니었다. 이번 주 내내 같은 옷을 입고 다녔다는 사실이 떠올라 재킷을 벗어 냄새를 맡아 보았지만, 땀 냄새만 조금 풍길 뿐이었다. 생김새로만 보면 요셉의 낡은 운동화가 범인일 가능성이 제일 높았다. 하지만 주말마다 가족들 신발 모두를 소독기에 넣어야 직성이 풀리는 엄마를 생각하면 오히려 가능성이 제일 낮았다.

요셉은 계속해서 주위를 둘러보았다. 그러다가 도서관 구석에 까맣게 변한 천장 한쪽을 발견했다. 언제부턴가 물이 새기 시작한 천장은 점차 파랗게 변하더니 아카시아 나뭇잎까지 흘러들어 결국엔 곰팡이를 피우기 시작했다. 그 숨어있던 곰팡이를 바람이 헤집어 놓은 모양이었다. 요셉은 악취가 피어오르는 천장을 바라보며 한숨을 깊이 내쉬었다.

썰렁한 도서관에는 사서와 요셉뿐이었다. 그런데도 도서관은 언제나 소란스러웠다. 타닥대며 자판을 두들기는 소리 말고도, 콘크리트 벽이 갈라지는 소리와 나무 바닥이 뒤틀리는 소리 때문에 책을 읽기가 힘들 정도였다.

요셉의 시선이 둥그런 벽시계로 향했다. 시곗바늘이 오후 다섯 시를 막 넘기고 있었다. 급식소에서 점심 식사를 끝내자마자 도서관으로 왔으니 꼬박 네 시간 동안 책을 읽은 셈이었다. 요셉은 뻣뻣해진 목을 주무르며 책상 위에 널브러져 있는 책들을 바라보았다. 번쩍이는 금장을 두른 책들은 하나같이 이번 주에 들어온 새 책들이었다. 총 일곱 권으로 구성된 시리즈는 고대 그리스를 배경으로 하는 역사 소설이었는데, 최근에 들어온 책 중에 그나마도 읽을만한 편에 속했다.

다시 책을 읽으려는데 이번에는 냄새 대신 한기가 느껴졌다. 보나 마나 사서인 제시카가 요셉을 내쫓기 위해 난방을 꺼버린 게 분명했다. 도서관은 여섯 시에 문을 닫았지만, 다섯 시까지 찾아오는 사람이 없으면 그보다 일찍 문을 닫을 수 있었다. 결국 요셉은 의자에서 일어나 책상에 흩어져 있던 책들을 주섬주섬 모으기 시작했다.

정리한 책들을 반납함에 대충 꽂아 놓은 뒤 출입구 쪽에 있는 데스크로 향했다.

제시카는 컴퓨터 모니터를 들여다보고 있었다. 며칠 전까지만 해도 주황색이었던 제시카의 머리카락은 어느새 진한 초록색으로 바뀐 상태였다. 초록색의 긴 머리와 스웨터 때문인지, 제시카의 창백한 얼굴은 인어 공주에 나오는 마녀를 연상시켰다.

요셉이 데스크 앞에 서자, 제시카는 컴퓨터 위로 얼굴만 쑥 내밀었다. 육중한 몸매는 마치 의자에 고정된 것처럼 움직이지 않았다.

"안녕, 요셉. 이제 가니?"

제시카가 갈라진 목소리로 물었다.

"네. 그런데 제시카, 혹시 새로 들어온 책 있어요?"

"왜? 새 책 들어온 지 별로 안 된 것 같은데. 설마 그 책들을 벌써 다 읽은 거야?"

제시카가 요셉에게 물었다. 하지만 얼굴만 요셉을 향하고 있을 뿐이지, 마우스를 쥔 손은 여전히 빠르게 움직이고 있었다. 요셉은 보지 않아도 제시카가 새로 나온 '넷블럭스' 게임 중이란 걸 알 수 있었다.

"그건 아닌데, 마음에 드는 책이 별로 없어서요⋯⋯."

요셉이 말을 끝내기도 전에 제시카가 주먹으로 책상을 내리쳤다.

"아! 거의 마지막까지 갔는데⋯⋯. 미안, 그런데 마음에 드는 책이 없다는 게 무슨 뜻이야?"

제시카가 얼굴을 잔뜩 찡그리며 물었다. 물론 정말로 관심이 있어서 묻는 건 같지는 않았다. 요셉이 다시 말을 꺼내려 순간, 제시카는 의자 뒤로 몸을 한껏 젖히더니 마우스 대신 젤리 봉지를 집어 들었다. 그리고 색색의 지렁이들을 한 움큼 꺼내 입 안에 가득 쑤셔 넣었다. 수십 마리의 지렁이들이 제시카의 커다란 입속으로 사라졌다. 미처 들어가지 못한 지렁이 한 마리는 입에 대롱대롱 매달려 있었다. 제시카는 지렁이를 질겅질겅 씹으며 요셉에게 젤리 봉지를 내밀었다. 요셉은 고개를 내저었다.

"들어오는 책들이 모두 비슷비슷해서요. 제시카, 뭔가 특별한 책 없을까요?"

"글쎄, 네가 나보다 더 잘 알지 않을까? 도서관에 들락거린 지는 나보다 훨씬 오래됐잖아."

그 말에 요셉은 고개를 숙이고 말았다. 사실 새로운 책이 없냐는 요셉의 말은 질문이라기보다 거의 투정에 가까웠다. 요셉은 마음에 드는 책이 없을 때마다 제시카에게 비슷한 말들을 쏟아냈다. 물론 그래봤자 별수 없다는 건 요셉도 잘 알고 있었다. 하지만 달리 뾰족한 방법을 찾을 수 없었다.

요셉은 고개를 숙인 채 책만 만지작거렸다. 그때 제시카가 매니큐어가 칠해진 긴 손가락으로 데스크 앞을 톡톡 두드렸다. 요셉이 고개를 들자, 제시카가 턱으로 책장 쪽을 가리켰다.

"요셉, 저기 좀 봐. 저 애들은 새로운 책들이 꽤 재밌는 모양인데……."

아무도 없는 줄 알았던 책장 앞에 남자애 둘이 서 있는 게 보였다. 둘은 책장에 기댄 채 책을 보며 키득대고 있었다. 뒤에 있는 분류 코드를 보니, 요셉이 가장 싫어하는 '로맨스' 책장 앞이었다.

"책은 보름에 한 번씩 들어오는 거 너도 알잖아. 다른 애들은 다 좋아하는데, 넌 왜 그렇게 불만이 많아?"

"불만이 아니고 좀 더 다양한 책을 읽고 싶다는 거예요. 책들이 너무 비슷하잖아요."

"넌 어떤 책을 원하는데? 읽고 싶은 책이 있으면 신청하면 되잖아."

"어떤 책이 있는지도 모르는데, 어떻게 책을 신청해요." 요셉이 볼멘소리로 대답했다.

"너도 뭘 원하는지도 모른다는 얘기군. 그렇다면 나도 도와줄 수가 없겠는걸."

제시카의 시선이 다시 모니터로 향했다. 도서관도 다시 침묵에 잠겼다. 하지만 요셉의 마음은 반대로 술렁이기 시작했다. 뭘 원하는지도 모른다는 제시카의 말이 마음속에서 커다란 파동을 불러일으켰다. 자신이 했던 모든 말이 마치 변명처럼 느껴져 얼굴이 화끈거렸다. 그렇다고 책을 몰라 신청할 수 없다는 말도 절대 거짓은 아니었다. 본 적도 없고, 들은 적도 없는 책을 신청할 수는 없는 일이었다.

한 번은 제목만 보고 도서관에 책을 신청한 적도 있었다. 하지만 일주일 후에 받아본 책은 전화번호부보다 더 두껍고 어려운 단어가 너무 많아 읽을 수조차 없었다. 또, 거액을 모아 온라인으로 구매한 책은 글자보다 그림이 더 많은 그림책에 가까웠다. 인터넷에서 검색한 책의 목차와 설명만으론 어떤 종류의 책인지, 어떤 느낌을 주는지 판단하기 어려웠다.

그럴 때마다 요셉은 어릴 적 보았던 서점을 그리워했다. 할아버지와 함께 갔던 서점에는 요셉이 좋아하는 그림책은 물론이고 할아버지가 좋아하는 소설과 잡지들이 가득했다. 진열대 맨 앞에는 새로 나온 책들이 가지런히 정리되어 있었고, 뒤쪽에는 역사와 철학, 과학으로 분류된 책들로 꽉 차 있었다. 하지만 빌리지에 하나뿐이던 서점은 도서관이 생기면서 사람들의 발길이 뜸해졌다. 더욱이 국가가 학생들에게 필요한 참고서와 문제집을 무료로 제공하면서 서점은 결국 문을 닫게 되었다.

책을 읽는 아이들의 모습은 도서관에서조차 좀처럼 보기 힘들었다. 그나마 찾는 책들도 무협 소설이나 로맨스 소설이 대부분이었다. 사실 빌리지 도서관에는 책도 많지 않았고 새로 들어오는 책들도 점점 줄고 있는 형편이었다. 다섯 칸으로 구성된 책장은 로맨스와 미스터리, 추리, 무협 순서로 정리되어 있었는데, 인기 있다는 책들로만 간신히 채워져 있을 뿐이었다. 게다가 말이 소설이지, 요셉이 보기엔 만화책과 다를 바 없는 책들이었다.

'문학'이라고 표시된 마지막 책장에는 옛날 소설들이 몇 권 남아있기는 했다. 모두가 나이 드신 할아버지나 할머니들을 위한 책들이었다. 하지만 책도 몇 권 되지 않는 데다가 오래돼서인지 하나같이 상태가 좋지 않았다. 할아버지와 할머니들의 손때가 묻은 표지는 군데군데 찢어져 있었고, 안은 누렇게 바래어 있었다.

요셉이 읽는 책들도 모두 거기에 있었다. 전사가 그려진 무협 소설이나 예쁜 소녀들로 가득한 로맨스보다 요셉은 그 오래된 책들을 훨씬 좋아했다. 새로운 책들이 들어올 때마다 혹시나 하는 마음으로 살펴보긴 했지만, 결국엔 낡은 책들로 돌아오곤 했다.

낡은 책들 속 세상은 지금과 너무도 달랐다. 가난 때문에 고통스러워하고 뭔가를 얻기 위해 서로 경쟁하는 삶을 요셉은 상상하기조차 힘들었다. 빌리지의 삶은 불안이란 없었고, 지루할 만큼 언제나 편안했다. 그런데도 요셉은 그 낡은 책들이 좋았다. 그 오래된 책들 안에는 슬프지만 아름다운 이야기가 있었고, 책을 읽는 동안에는 새로운 생각들이 물결처럼 밀려들었다.

문제는 읽을 책들이 더 이상 없다는 점이었다. 얼마 안 되는 책들은 열 번도 넘게 읽었더니 문장을 통째로 외울 지경이었다. 한때는 새로운 책을 찾아 다른 도서관을 찾아 헤매기도 했다. 그러나 다른 도서관들도 이곳 사정과 크게 다르지 않았다. 권수가 좀 많거나 상태가 좋을 뿐, 책 종류는 거의 다 비슷했다.

"제시카, 저 이만 가볼게요. 새로운 책 나오면 연락해 주세요."

요셉이 뒤돌아서며 말했다. 하지만 제시카는 아무 대답도 하지 않았다. 들리는 소리로 보아 컴퓨터 게임을 다시 시작한 모양이었다. 요셉은 가방을 둘러매고 도서관을 나왔다. '피웅피웅' 하는 소리가 함께 밖으로 나왔다가 공기 속으로 흩어졌다. 요셉은 축 처진 어깨로 길을 걷기 시작했다. 오후의 긴 그림자가 말없이 요셉의 뒤를 따라왔다.

제시카는 빌리지에서 상당히 유명한 인물이었다. 5피트를 간신히 넘긴 키에 통통한 편에 속하는 제시카는 사실 미인과는 거리가 멀었다. 얼굴 가운데에 박힌 매부리코는 옆으로 쭉 찢어진 입술과 함께 심술쟁이 마녀를 떠올리게 했다. 특히 경계심으로 가득한 작고 날카로운 두 눈은 말을 거는 사람 모두를 주눅 들게 했다. 게다가 항상 화장을 진하게 하고 다녀서, 그렇지 않아도 창백한 얼굴은 핏빛 입술과 함께 묘한 냉기를 품어냈다.

빌리지 사람들은 그런 외모 때문에 제시카에게 쉽게 다가서지 못했다. 넉살 좋기로 유명한 아줌마 몇 명이 뭐라도 캐낼 작정으로 제시카에게 접근했다가 말없이 빤히 쳐다보는 모습에 질려 다시는 말도 걸지 않았다.

덕분에 제시카에 대한 소문과 추측은 날이 갈수록 무성해져만 갔다. 한 소문에 의하면 제시카는 빌리지 사람과 결혼한 누구라고 했는데, 이혼한 후 성형수술을 하고 나타났다고 했다. 또 다른 소문에는 제시카가 살인을 저지르려다 발각되는 바람에 추방되었다고 했다. 하지만 제시카 본인은 소문에 아랑곳없이 온 빌리지를 활보하고 다녔다.

제시카는 꼭 필요한 일이 아니면 외출을 거의 하지 않았지만, 도서관에 출근하는 모습만으로도 사람들의 시선을 사로잡았다. 우선 허리까지 내려오는 곱슬머리는 주기적으로 색깔이 바뀌었는데, 보라색에서 파란색이었다가 갑자기 금발로 변하기도 했다. 또한, 제시카는 머리 색에 맞춰 손톱과 발톱까지 바꾸는 습관이 있었다. 오전에 미용실에서 머리 색을 바꾸고 나면, 오후엔 네일숍에서 손톱과 발톱의 매니큐어를 같은 색으로 바꾸었다.

아이들은 그런 제시카를 '카멜레온'이라고 놀려댔다. 머리부터 발끝까지 차례대로 변하는 제시카에게 정말이지 어울리는 별명이 아닐 수 없었다. 그래서인지 제시카는 등굣길 아이들에겐 최고의 화젯거리였다.

"야, 오늘 제시카 봤어?"

"왜? 어땠는데?"

"글쎄, 머리끝부터 발끝까지 초록색인 거 있지. 멀리서 보고 배추벌레인 줄 알았다니깐."

"히히, 오늘은 배추벌레구나. 글쎄, 지난번엔 어땠는지 알아?"

"어땠는데?"

"전체가 은빛이더라고. 나는 웬 커다란 대구 한 마리가 걸어 다니나 했다니깐."

그처럼 제시카에겐 다양한 별명이 따라다녔다. 초록 마녀부터 슈렉과 저승사자까지 아이들은 마음대로 불러댔지만, 신기하게도 누구를 말하는 건지 모두가 이해했다.

제시카는 아이들뿐만이 아니라 빌리지의 어른들 사이에서도 화제였다. 아줌마들은 제시카를 따라 머리 색을 바꾸곤 했고, 아저씨들은 제시카의 다음 머리 색을 두고 술 내기를 벌이기도 했다. 빌리지 사람들은 멀리서 제시카의 머리만 봐도 발톱 색깔까지 쉽게 알아차렸지만, 제시카의 나이만큼은 도통 알아내지 못했다. 제시카의 모습이 어떤 때는 마흔 넘은 아줌마처럼 보이다가도 진한 화장과 화려한 옷 스타일 때문에 이십 대처럼 보이기 때문이었다.

한때는 제시카의 나이 때문에 학교에서 한바탕 난리가 난 적도 있었다. 사건의 발단은 사회 숙제에서 비롯되었다. 당시 관리 선생님은 빌리지의 어른들을 각각 한 명씩 인터뷰하고 그들의 직업과 어떤 일을 하는지 조사하도록 했다. 아이들 대부분은 엄마나 아빠, 이웃 어른들을 조사 대상으로 삼았다. 그런데 어떤 간 큰 아이가 도서관으로 찾아가 제시카를 인터뷰해 온 것이다. 그 용감한 아이는 제시카의 직업과 하는 일에 대해선 제법 잘 조사해

왔지만, 조사 대상자의 연령대는 비워둔 상태였다. 그때부터 아이들 사이에 소동이 일기 시작했다.

"제시카는 이십 대가 분명해. 옷차림이나 화장법을 보면 우리 누나하고 너무 비슷하다니깐. 머리카락이랑 손톱 색깔 좀 봐봐. 아줌마들은 절대로 저렇게 꾸미지 않잖아. 그러니까 이십 대가 분명해." 한 아이가 말했다.

"무슨 소리야? 머리랑 손톱만 보고 이십 대라니. 딱 봐도 사십 대 아줌마인 거 모르겠어? 피부도 그렇고, 체형도 그렇고, 완전히 아줌마잖아. 그러니까 제시카는 사십 대로 분류해야 해."

아이들은 그렇게 두 편으로 나뉘었고, 주장에 대한 근거도 나름 분명했다. 제시카가 사십 대라고 주장했던 아이들 중의 하나는 제시카가 자기 엄마의 친구라고 우기기도 했다. 하지만 아이들의 소동은 얼마 안 가 잠잠해지고 말았다. 제시카의 나이를 아는 어른이 한 명도 없는 데다, 아무도 제시카에게 직접 나이를 물어볼 엄두가 나지 않아서였다. 결국 사람들은 제시카의 나이에 더 이상 관심을 두지 않았고, 그저 도서관과 함께 언젠가 사라져 버릴 존재로만 여겼다.

반면 제시카는 사람들이 뭐라 떠들어대든 상관없이 눈에 띄는 차림새로 거리를 활보했다. 그런 제시카는 누구와도 말을 나누지 않았다. 꼭 필요한 경우가 아니면 절대로 입을 열지 않았고, 급식소에서도 늘 혼자 밥을 먹었다. 심지어 도서관에서조차 제시카가 말을 건 사람은 요셉이 유일했다.

요셉이 몇 마디 말을 통해 알게 된 건 제시카가 책을 좋아하지 않는다는 사실뿐이었다. 아니, 지독히도 책을 싫어했다. 언젠가 요셉이 책을 한 아름 안고 데스크로 가져가자 처음으로 제시카가 말을 걸었다.

"너는 책을 꽤 좋아하는 모양이구나."

"네. 제시카도 그래서 도서관에서 일하는 거 아닌가요?" 요셉이 물었다.

"나? 아니. 난 책을 너무 싫어해."

"네? 정말요?"

"책은 너무 고루하고 지겨워. 재미도 하나도 없고. 도대체 책이 왜 필요한지 모르겠어. 필요한 정보는 인터넷에 다 나와 있고 영상을 찾아봐도 되는데 말이야. 언젠가는 세상의 책은 모두 사라지고 말 거야. 안 그래?"

제시카가 바코드를 찍으며 물었다.

"아니요. 저는 책이 절대로 사라지지 않을 거라고 믿어요. 책에는 온라인 자료나 영상 자료와는 비교할 수 없는 뭔가가 있으니깐요."

"그래? 그게 뭔데?" 제시카가 물었다.

"음. 그게 뭔지는 설명하기 힘들지만, 책은 여전히 우리에게 필요해요."

"만약 책이 우리에게 필요하다면 책 읽는 사람들이 점점 늘겠지. 하지만 주위를 봐봐. 책 읽는 사람이 있는지."

"책이 곧 사라질 거라고 믿는다면, 제시카는 왜 도서관에서 일해요?"

"나? 도서관에 있으면 사람들과 마주치지 않아도 되니깐. 물론 네가 오지 않는다면 말이야."

제시카가 요셉을 쏘아보며 말했다. 당황한 요셉은 얼른 고개를 떨구었다.

"혹시 너도 나랑 비슷한 이유로 도서관에 오는 거 아니야? 여기 아니면 갈 데가 없다든가, 아무도 만나고 싶지 않다던가, 하는 이유로."

제시카가 요셉의 얼굴을 빤히 보며 물었다. 하지만 요

셉은 말없이 책을 안고 도서관을 나와버렸다.

갈 데가 없어서 도서관에 오는 게 아니냐는 제시카의 말이 이상하게 마음을 불편하게 했다. 당연히 요셉은 자신이 책을 좋아하고, 책을 읽기 위해 도서관에 다니는 거라고 확신했다. 하지만 도서관 계단을 내려오면서 갑자기 의심이 들기 시작했다. 정말로 자기가 책을 좋아하는 게 맞는지, 아니면 하루가 다르게 변하는 기술과 영상들의 속도를 따라가지 못해 뒤떨어진 책들이나 끼고 사는 건 아닌지, 걱정스러웠다.

요셉은 자신이 영상과 게임에 몰두하는 친구들을 일부러 멀리한다고 생각해 왔다. 그런데 자신이 멀리한 건 친구들이 아닌 자신이란 생각이 들었다. 생각하면 할수록 머릿속이 점점 복잡해졌다. 다행히 집에 돌아와 책을 펴자, 곧바로 마음이 편안해졌다. 요셉은 다시는 제시카와 말하지 않기로 마음먹었다. 제시카도 그 뒤론 요셉에게 거의 말을 걸지 않았다. 하지만 요셉을 볼 때마다 입가에 퍼지는 비웃음은 절대로 사라지지 않았다.

SE17-12. 그건 요셉이 사는 빌리지의 코드명이었다.

인구 5천만의 나라는 수도인 캐피털(CA)을 포함해 NN, NE, EE, ES, SS, SW, WW, NW, CR 등의 10개의 구획으로 분류되었고, 각 구역은 다시 50개의 파빌리온으로 나뉘었다. 또한, 각 파빌리온은 50개의 빌리지를 관리하고 있어서 결국 나라 전체에 25,000여 개의 빌리지가 있는 셈이었다. 빌리지 번호는 인구수나 크기순으로 정렬되어 있어서 사람들은 SE17-12라는 코드명만 들어도 남동쪽의 17번째 파빌리온에 속하며, 크기가 12번째인 제법 큰 빌리지라는 사실을 쉽게 짐작했다.

빌리지는 인구수나 세대수로 나뉘었는데, 500세대 이하나 1,000명 이하의 인구가 거주하는 곳을 '톨 빌리지'라 불렀다. 또한, 500에서 1,000 사이의 세대수가 살거나 인구수가 2천 명 이하인 곳은 '그란데 빌리지'라 불렀다. 빌리지 중에 가장 큰 '벤티 빌리지'는 1,000세대 이상이거나 인구가 2천 이상의 빌리지라는 걸 의미했다.

요셉의 빌리지는 600세대밖에 되지 않지만, 인구가 2천 명이 넘는 '벤티 빌리지'에 속했다. 세대수에 비해 인구가 많은 이유는 아이들이 많아서였는데, 교육 환경이 좋다는 소문 때문에 아이를 가진 젊은 부부들의 발길이 계속해서 이어졌다. 그에 비해 노인 수가 상대적으로 많은 서쪽 빌리지에는 노인들을 위한 시설과 복지가 잘 마련되어 있었다. 또한, 남쪽 끝에 있는 빌리지에는 미혼 남녀가 많아 젊은이들을 위한 편의 시설과 일자리가 많다고 알려져 있었다.

SE17-12 빌리지의 지형은 좀 특이한 편이었다. 가로가 좁고 세로가 긴 타원형의 아메바처럼 생긴 데다가 주변이 모두 숲으로 둘러싸여 있었다. 또한, 커다란 분수대가 있는 광장을 중심으로 네 갈래 길로 나뉘어 있는데, 외부로 나가는 길은 상가로 이어진 동쪽 대로가 유일했다. 따라서 파빌리온이나 다른 빌리지로 가려면 반드시 대로를 거쳐야만 했다.

광장의 북쪽에는 유치원과 초. 중. 고등학교 등이 몰려 있었고, 제일 안쪽에는 직업학교 건물 두 개가 마주 보고 있었다. 또한, 학교들 아래 광장의 동남쪽에는 급식소와 복지관이 나란히 붙어 있었다. 그리고 복지관 아래의 남쪽 중앙에는 빌리지의 병원 역할을 하는 보건소가 자리 잡고 있었다. 감기나 두통 같은 가벼운 증상들은 보건소에서 해결했고, 병세가 심각한 경우엔 보건소가 연락해 파빌리온으로 환자를 이송해갔다. 병원이나 약국이 없어서 조금 불편하기는 했지만, 파빌리온의 의사들이 수시로 드나드는 데다 급한 경우엔 응급실용 드론이 환자를 실어갔다. 게다가 모든 의료비는 국가가 부담하기 때문에 아무런 걱정이 없었다.

보건소 왼쪽에서 큰길을 건너면 관리소와 상가들이 밀집되어 있었다. 수도와 전기, 소방서 같은 관리소는 빌리지에 공급되는 물과 전기를 24시간 관리하기 때문에 관리자들은 3교대로 일해야만 했다. 하지만 그만큼 보수도 많고 복지가 좋아 빌리지 사람들에게 꿈의 직장이기도 했다. 관리소 주변에는 크고 작은 상가들이 모여 있었는데, 공예품이나 소품 등을 파는 만물상과 빵집, 디저트 가게, 마트 등이 길을 따라 자리 잡고 있었다.

광장 북서쪽의 타운하우스에는 500여 채가 넘는 집들이 옹기종기 모여 있었다. 집들 대부분은 단층의 콘도들로 이루어져 있었지만, 타운하우스 끝에는 미혼자들이 모여 사는 작은 아파트도 있었다. 그리고 학교와 타운하우스 사이에는 중앙 경찰서가 있어서 빌리지의 치안과 안전을 책임졌다.

빌리지에서 가장 중심이 되는 건물은 다름 아닌 급식소와 복지관이었다. 급식소는 빌리지의 모든 사람이 모여 식사를 하는 곳이기 때문에 제일 크고 넓었다. 그 옆에 있는 복지관은 빌리지 사람들의 건강과 편의, 복지를 책임지는 곳으로 행정의 중심지라고 할 수 있었다.

빌리지 사람들 대부분은 모두 타운하우스에 살면서 아이들을 학교에 보내고, 빌리지 안의 상가나 관리소에서 일하며 살아갔다. 아침 식사는 집에서 각자 해결했지만, 점심과 저녁 식사는 빌리지의 급식소에서 다 같이 먹었다.

몇몇 사람은 농장에서 일하기도 했다. 보건소 옆의 큰길을 따라가다 보면 엄청난 규모의 농장들이 나타났다. 그곳에서 사람들은 수십 가지의 채소와 곡물들을 대량으로 재배했다. 농작물 재배는 온도와 습도가 자동으로 조절되는 자동화로 이뤄졌지만, 농작물을 관리, 수확하고 보관하는 일에는 반드시 인력이 필요했다.

농장에서 생산된 농작물은 빌리지의 식량으로 공급되거나 이웃 빌리지로 팔려나갔다. 또한, 농장에서 발생하는 수익금은 빌리지에서 생산되지 않는 육류나 해산물을 들여오는 데 전부 쓰였다. 그 밖에 구하기 힘든 식료품이나 공공재는 정부가 주기적으로 제공해 주었다.

빌리지에는 많진 않지만 목공예 가구 공장에서 일하는 남자들도 있었고, 탁아소에서 아기들을 돌보거나 조합원 안에서 수공예품을 만드는 여자들도 있었다.

빌리지의 가장 큰 문제점은 맛있는 빵집이 하나도 없다는 점이었다. 빌리지 안에는 '소마'라는 빵집이 하나 있긴 했지만, 식빵을 제외하면 먹을 만한 빵이나 디저트를 찾아보기 힘들었다. 물론 입맛이 까다로운 몇 명은 다른 빌리지에서 맛있는 빵을 한 상자씩 사 오기도 했지만, 대부분은 크게 신경 쓰지 않았다. 어차피 점심과 저녁에는 급식소에서 맛있는 식사를 할 수 있기 때문이었다.

조합원이 운영하는 마트에선 생활에 필요한 물건들 대부분을 판매하고 있었고, 간혹 없는 물건들은 온라인으로 배송받았다. 밤이 되면 낮에 주문한 물건들이 밤새 드론으로 운송되었고, 아침이면 전국 각지에서 날아든 물건들이 문 앞에 다소곳이 놓여있었다.

빌리지나 마트에서 유일하게 볼 수 없는 건 의류제품이었다. 파빌리온에는 백화점 규모의 의류매장이 몇 개

있긴 했지만, 판매를 위해서라기보다는 전시를 위한 매장들이었다. 사람들은 마트나 백화점이 아닌, 온라인으로만 옷과 신발을 사들였다. 온라인 매장에는 키와 몸무게가 똑같은 AI 아바타가 있어 마음에 드는 옷이나 신발을 입혀본 후 살 수 있었다. 더욱이 아바타에는 360도 회전하는 기능까지 있어 실제로 볼 수 없는 곳까지 자세히 살펴볼 수 있었다. 엄마는 온라인으로 옷을 살 때마다 자신의 아바타가 팔뚝에 늘어진 살과 뱃살까지 똑같다고 투덜대곤 했다.

빌리지의 삶은 단조롭고 평화로웠다. 아무도 서두르지 않았고, 아무도 늦게까지 일하지 않았다. 여섯 시에 일을 끝낸 사람들은 급식소에서 저녁 식사를 하고, 집에 돌아와 영상을 보거나 게임을 하다가 잠들었다. 학생들은 더 이상 일등을 하기 위해 애쓰지 않았고, 어른들은 경쟁하지 않아도 괜찮은 직업을 가질 수 있었다. 빌리지의 삶은 어른들이 어릴 적 꿈꾸었던 삶 그대로였다. 어른들은 가끔 삶이 너무 지루하다고 투덜대기도 했지만, 빌리지가 자신들이 만들어 낸 유토피아임을 절대로 의심하지 않았다.

34　은유법

파빌리온

도서관을 나온 요셉은 천천히 집으로 걸어갔다. 학교를 거쳐 집에 도착했을 때는 땅거미가 이미 짙게 내려앉은 후였다. 요셉의 집은 타운하우스들이 몰려 있는 북서쪽 골목 맨 앞에 있었다. 대문 앞에는 커다란 레몬트리가 있어서 무성한 가지로 집 안을 살짝 가려주는 한편, 시원한 그늘을 만들어 주었다. 엄마는 여름이면 가지가 휘도록 열리는 레몬을 따다가 이웃들과 나눠 먹곤 했다. 덕분에 동네 아이들은 시원한 레모네이드를 마시며 길고 지루한 여름방학을 견딜 수 있었다. 요셉이 사는 곳은 빌리지의 몇 안 되는 이층집으로, 집 뒤에는 차고 말고도 물품들을 정리할 수 있는 커다란 창고가 둘이나 있었다.

요셉은 낮은 대문을 열고 안으로 들어갔다. 나무판자로 만들어진 울타리 안쪽에는 엄마가 심어놓은 작은 꽃들과 허브들이 싱그러운 향을 품어내고 있었다. 때마침 불어오는 바람에 진한 로즈메리 향과 민트 향이 콧속 깊이 파고들었다. 요셉은 마당에 잠시 서서 하늘을 바라보았다. 노을이 빨갛게 물드는 바로 그때가 요셉이 가장 사랑하는 시간이었다. 붉은 해가 지평선 너머로 완전히 사라질 때까지 서 있던 요셉은 어둠이 밀려든 후에야 안으로 들어갔다.

거실에는 엄마와 누나가 페스티벌 준비로 야단법석을 피우고 있었다. 누나는 몇 달간 모아둔 청소년 지원금을 기어이 무대의상을 사들이는 데 쏟아부은 모양이었다. 소파와 테이블 위에는 색색의 치마와 신발 상자들이 셀수 없이 쌓여 있었다. 부엌과 안방 사이에 있는 거울 앞에선 누나가 흡족한 표정으로 서 있었고, 엄마는 그 옆에 서서 치마가 너무 짧다, 셔츠가 너무 딱 달라붙는다는 등의 잔소리를 늘어놓고 있었다.

그 틈을 이용해 요셉은 몰래 2층으로 올라가려 했다. 소파에 앉아 텔레비전을 보고 있던 여동생 드보라도 그런 요셉을 못 본 척해주었다. 요셉은 발뒤꿈치를 든 채 살금살금 계단을 오르기 시작했다. 하지만 도중에 발이 미끄러지는 바람에 계단에서 '쿵' 소리를 내고 말았다. 깜짝 놀란 엄마와 누나의 시선이 일제히 요셉에게로 향했다.

"요셉, 왜 이렇게 늦었니? 도대체 어디 있었던 거야?" 엄마가 요셉에게 물었다.

"안 봐도 뻔하지. 도서관에서 이상한 책이나 뒤적거리고 있었겠지."

옆에 있던 누나가 끼어들었다. 입을 실룩거리며 비아냥대는 모습이 오늘따라 얄미워 보였다. 요셉은 누나에게 한바탕 퍼붓고 싶은 마음을 간신히 억누르며 엄마에게 대답했다.

"도서관에요. 월요일마다 새 책들이 들어오잖아요."

"오늘 점심 먹고 다 같이 타르트 먹으러 가기로 했잖아. 설마 잊은 거니?"

"엄마, 저는 안 가겠다고 이미 말씀드렸잖아요. 밥 먹자마자 뭔가를 또 먹는 건 저한테는 무리라고요."

"참, 타르트 하나 먹는 게 어렵다는 거니? 엄마 같으면 하루에 열 개라도 먹겠다……."

엄마는 정말 이해할 수 없다는 얼굴로 요셉을 쳐다보았다. 누나가 또다시 끼어들었다.

"그러니깐 그렇게 비쩍 말랐지. 누가 널 열네 살로 보겠니? 모르는 사람이 보면 아마 열 살이라고 해도 믿을걸."

"그럼, 누나는? 누가 누나를 열여섯 살로 보겠어? 다들 서른 넘은 뚱뚱한 아줌마라고 생각할걸!"

"뭐라고! 너 말 다 했어!!"

"아니, 이제 시작인걸!"

"또 시작이구나. 사라, 그만두지 못하겠니?"

"엄마는 왜 매일 나한테만 뭐라고 그래? 요셉이 나한테 한 말 들었잖아. 엄마가 매번 요셉 편만 드니깐, 쟤가 저렇게 버릇이 없는 거라고!"

"엄마가 언제 요셉 편만 들었다고 그래. 네가 먼저 비쩍 말랐다고 요셉을 약 올리니까 그렇지." 엄마가 한숨

쉬며 얘기했다.

"내가 뭐 틀린 말 했어? 요셉 때문에 친구들이 나한테까지 뭐라고 한단 말이야. 네 동생은 왜 저렇게 혼자 다니냐, 혹시 집에 문제가 있는 건 아니냐 물어본다고!"

"사라, 무슨 말을 그렇게 하니?"

엄마의 목소리가 점점 커졌다.

"누나는 그게 무슨 뜻인지 모르겠어? 돼지처럼 생긴 누나랑 같이 있으니까 내가 더 말라 보인다는 말이잖아."

심사가 뒤틀린 요셉은 말도 안 되는 소리로 누나를 화나게 했다. 그러자 누나는 빨갛게 달아오른 얼굴로 계단을 향해 뛰기 시작했다. 그 모습을 본 요셉도 계단을 재빠르게 뛰어 올라갔다. 그러나 요셉에 비해 누나는 너무 느렸다. 누나가 미처 계단에 오르기도 전에 이층에 올라간 요셉은 방에 들어가 문을 단단히 걸어 잠갔다. 골리앗 같은 누나에게 잡혔다간 목숨이 날아갈 수도 있었다. 요셉은 숨을 죽인 채 문 앞에 서 있었다. 누나가 당장이라도 문을 부수고 쳐들어올 것 같아 가슴이 조마조마했다. 하지만 누나는 늘 그래왔던 것처럼 계단을 반쯤 오르다

말고 요셉을 향해 소리치기 시작했다.

"너, 오늘 내 눈에 띄기만 해봐. 절대로 가만 안 둬!!"

헐떡이는 누나의 숨소리가 방 안까지 들려왔다. 요셉은 말없이 듣고만 있었다. 잠시 뒤 계단을 내려가는 소리가 들리더니 시끄러운 음악 소리가 다시 들려왔다. 보나마나 누나는 거울 앞에 서서 다시 춤을 추고 있을 게 뻔했다. 그제야 안심한 요셉도 문에서 떨어졌다. 메고 있던 가방을 책상 옆에 내려놓은 뒤 침대에 걸터앉았다. 창문으로 어둠이 몰려들었지만 불을 켜기도 귀찮았다.

사실 누나는 뚱뚱하지도, 나이가 들어 보이지도 않았다. 엄마를 닮아 금발에 푸른 눈을 가진 누나는 학교에서도 알아주는 미인이었다. 키도 5피트 반이 넘는 데다 얼굴도 작고 갸름한 편이었다. 누나는 가늘고 긴 다리를 뽐내기 위해 늘 미니스커트만 입었는데, 꽉 끼는 티셔츠 때문에 드러난 몸매는 치렁치렁한 금발로 살짝 가리고 다녔다. 그런 누나에 대한 소문은 다른 빌리지까지 전해져 처음 보는 남학생 무리가 누나를 보기 위해 학교 앞을 서성이곤 했다. 누나의 인기는 댄스부에 들어가면서 더욱

커졌다. 누나의 춤추는 동영상은 파빌리온의 유명 가수보다 조회 수가 높았고, SNS의 팔로워 수는 어느새 십만을 향하고 있었다.

정작 누나가 빌리지에서 유명해진 이유는 외모나 댄스 때문이 아니었다. 전국의 학생들은 일 년에 한 번씩 수학 시험을 치러야 했는데, 2년 전 그 어렵다는 시험에서 누나가 만점을 받은 것이다. 그날 학교는 물론이고, 빌리지 전체가 발칵 뒤집혔다. 파빌리온에서조차 없었던 만점 자가 빌리지에 나타나자 교장 선생님은 물론이고 선생님과 어른들, 아이들까지 누나를 보기 위해 몰려들었다. 그날부터 누나는 모든 선생님의 사랑과 관심을 독차지 하게 되었고, 빌리지 시장까지 나서서 누나에게 온갖 선물과 상금을 안겨주었다. 누나가 다른 학생의 두 배가 넘는 청소년 지원금을 받게 된 것도 바로 그때부터였다. 더욱이 누나는 빌리지 사람들이 '대학'이라고 부르는 직업 학교에 진학할 경우, 장학금을 받을 수 있다는 증서까지 턱 하니 벽에 걸어두고 있었다.

당연히 누나의 콧대는 하늘을 찔렀다. 남학생이나 여학생 가릴 것 없이 누나와 친해지지 못해서 안달이었다.

누나와 사진 한 장 찍으러 집까지 쫓아오는 학생들도 많았다. 그중 몇몇은 누나와 친해지기 위해 동생인 요셉에게 말을 걸기도 했다. 하지만 요셉은 그들에게 하나같이 무뚝뚝하게 굴었다. 요셉의 그런 태도에 화가 난 사람들은 남매가 어쩜 저렇게 다르냐며 수군대곤 했다.

요셉에게 누나는 온종일 쓸데없는 영상을 보느라 시간을 낭비하는 한심한 인간이었다. 취미라곤 댄스가 전부여서 춤을 추지 않으면 침대에서 뒹굴기만 했다. 게다가 수학 대회에서 얻은 장학 증서 덕분에 누구보다도 쉽게 대학에 들어갈 수 있었지만, 정작 누나는 대학에 관심조차 없었다.

어느 날 요셉은 엄마와 누나의 대화를 엿듣게 되었다.

"사라, 너 정말 대학에 갈 생각 없니? 이렇게 수학을 잘하는데."

엄마가 벽에 걸어둔 장학 증서를 닦으며 누나에게 물었다. 엄마가 말하는 '대학'이란 빌리지에 있는 '직업학교'를 뜻했다. 학생들 대부분은 고등학교를 졸업함과 동시에 일자리가 주어지기 때문에 더 이상 공부할 필요를 느끼지 않았다. 따라서 성적이 아주 높거나 확실한 목표가 있는 학생들만 대학에 진학했다.

사실 대학이란 파빌리온에 있는 종합대학을 의미했지만, 종합대학에 진학하는 사람들이 거의 없다 보니 직업학교를 대학이라 부르게 되었다. 그런 대학마저도 모든 빌리지에 있는 건 아니었다. 대학에 진학하는 학생들이 점점 줄어들다 보니 그나마 있던 대학들도 대부분 폐교되었고, 근방에 있던 열 개의 대학 중에 결국 하나만 남게 되었다. 물론 파빌리온의 대학과 달리 기간도 2년뿐인 데다가 졸업하기도 쉬운 편이었다. 게다가 대학을 졸업하면 수습 과정을 거치지 않고 관리자가 되거나, 학교 관리 선생님이 될 수 있었다. 하지만 대학에 가려는 학생은 좀처럼 늘지 않았다.

"엄마, 나는 수학이라면 지긋지긋해. 그 골치 아픈 걸 뭐 하러 공부해?"

"그럼, 수학 대회에 왜 나갔어? 너 대회 나간다고 수학 공부도 열심히 했잖아."

"그건 청소년 지원금을 두 배로 준다고 하니깐 대회에 나간 거지, 대학엔 관심조차 없었다고."

"정말? 겨우 지원금 때문에?"

엄마가 실망한 목소리로 물었다.

"그 돈으로 옷도 많이 사고, 좋아하는 귀걸이도 잔뜩 살 수 있으니 얼마나 좋아."

"그래도 네가 수학에 소질이 있다는 생각은 안 들어? 대학에서 공부하면 선생님이 될 수 있잖아. 엄마는 네가 관리 선생님이 되면 훨씬 근사해 보일 것 같은데."

"엄마는, 나라에서 생활비도 주고 좋은 직장도 얻어줄 텐데 뭐 하러 힘들게 공부해? 게다가 관리 선생님이 되면 얼마나 할 일이 많은데. 나는 그냥 재밌게 살고 싶어. 일은 조금만 하고, 집에 돌아오면 재밌는 영화랑 드라마 보고. 돈 벌면 예쁜 옷 사 입고. 난 그렇게 사는 게 좋아."

"물론 그렇긴 하지. 그래도 엄마는 네 재능이 아깝다는 생각이 드네."

둘의 대화는 그렇게 끝났다. 하지만 누나의 얘기를 들은 요셉은 정말로 기가 막혔다. 그 좋은 기회를 그렇게 쉽게 포기하다니. 차라리 수학 대회에 나가지나 말지, 뭣 하러 쓸데없이 나가서 공부하고 싶은 사람의 기회를 뺏어버린 것일까. 정말이지 누나는 생각이라곤 없는 사람이었다. 그런 누나가 수학 대회에서 만점을 받은 건 미스

터리 중의 미스터리였다. 어려서부터 책 읽기를 죽어라 싫어했던 누나는 숙제하다가도 긴 문장이 나오면 슬쩍 넘겨버렸다. 제일 어려워했던 작문 숙제는 인터넷에서 누군가의 글을 베껴 그대로 제출하기도 했다.

요셉은 모든 면에서 누나와 반대였다. 책을 좋아해 하루에 수십 권의 책을 읽기도 했고, 숙제 중에서도 작문을 제일 좋아했다. 책을 읽다가 생각에 잠겨 식사를 놓친 적도 한두 번이 아니었다. 하지만 책을 좋아하고 생각이 깊은 요셉의 성적은 그리 좋은 편이 아니었다. 그중에서도 수학이나 과학 성적은 평균보다 한참 아래였다.

요셉이 누나와 다른 점은 그뿐만이 아니었다. 누나가 엄마를 닮아 미인에 속했다면, 요셉은 아빠를 닮아 키가 작고 마른 체형이었다. 핏기라곤 없는 얼굴엔 매부리코만 두드러져 보였고, 그 주위엔 수박씨 같은 주근깨가 덕지덕지 붙어 있었다.

엄마는 그런 요셉의 얼굴을 들여다볼 때마다 눈썹이 엄마와 똑같이 생겼다거나, 엄마를 닮아 과일을 좋아한다는 등의 말로 요셉을 위로하려 했다. 하지만 책상 서랍 깊숙이 간직한 아빠의 사진은 요셉의 얼굴 그대로였다. 그나마 사진 속 아빠는 옷차림도 세련되고 머리 스타일도 깔끔한 편이었다. 그에 비해 요셉의 빨간 곱슬머리는 언제나 부스스한 채 엉켜있었다. 늘 입고 다니는 흰색 티셔츠는 회색과 구분이 되지 않을 정도로 더러운 데다 바지는 청바지만 입었다. 결국 요셉의 옷차림은 흰색 티셔츠와 청바지가 대부분이었고, 쌀쌀해지면 청재킷을 걸치는 게 전부였다. 같은 반 아이들은 빌리지에 만약 겨울이 있다면, 요셉이 뭘 입고 다녔을까 얘기하며 웃곤 했다.

누나의 인기가 높아질수록 요셉은 사람들 눈에 띄지 않으려 더욱더 노력했다. 아이들이 축구와 야구를 하느라 이리저리 몰려다닐 때면 요셉은 도서관으로 깊이 숨어들었다. 반대로 게임과 영상에 미친 아이들이 구석으로 숨어들면 요셉은 들판에 서서 멍하니 하늘만 바라보았다.

물론 요셉도 자신의 그런 모습을 좋아하는 건 아니었다. 누나와 모든 면에서 반대인 자신이 부끄럽고, 사람들과 멀어지면서 불안함도 커졌다. 요셉은 그런 자신을 발견할 때마다 누나를 미워했다. 평소엔 거의 말도 걸지 않앉지만, 심기가 뒤틀리면 사소한 일에 시비를 걸어 누나를 날뛰게 했다.

그런 요셉도 엄마 앞에서는 한없이 약해졌다. 자신이 남들처럼 명랑하고 씩씩하길 바라는 엄마에게 요셉 역시 좋은 모습만 보여주고 싶었다. 하지만 마음과 달리 행동은 정반대였다. 엄마는 조금이라도 요셉과 함께 시간을 보내고 싶어 했지만, 요셉은 어떻게 해서든지 엄마에게서 달아나려고 애썼다. 또, 엄마가 이야기를 나누려 할수록 요셉은 입을 꼭 다물었다.

요셉도 자신에게 문제가 있다는 건 알고 있었다. 하지만 그게 뭔지는 정확히 알지 못했다. 자신을 괴롭히는 고민이 뭔지 몰라 엄마에게 털어놓을 수조차 없었다. 결국 엄마의 한숨 소리는 하루가 다르게 늘어만 갔고, 그럴수록 요셉은 책 속으로 더욱더 파고들었다.

요셉은 침대에 앉아 파빌리온을 바라보았다. 창문 너머로 보이는 SE17 파빌리온은 SE17-12 빌리지의 북동쪽에 있었다. 위치로 보자면 파빌리온은 빌리지와 붙어 있다시피 했지만, 숲에 가려 거의 보이지 않았다. 하지만 밤이 되면 화려한 조명 덕분에 파빌리온의 모습이 확연히 드러났다.

요셉의 방에서 내다보이는 파빌리온은 빌리지와 크게 대조를 이루었다. 밤이면 어둠에 잠기는 빌리지와 다르게 파빌리온은 언제나 환하게 빛났다. 그런 파빌리온의 모습을 볼 때마다 요셉은 생각에 빠져들었다. '대체 파빌리온에는 어떤 사람들이 살길래 밤에도 저렇게 불을 켜두고 있는 걸까, 아이들 말처럼 정말로 파빌리온 사람들은 모두 밤늦게까지 일하는 걸까, 아니면 그저 멋져 보이려고 켜놓은 걸까.' 꼬리에 꼬리를 잇는 질문들이 머릿속을 가득 채웠다.

어려서부터 요셉은 유난히 파빌리온에 관심이 많았다. 사실 빌리지의 모든 아이는 밤이면 별처럼 나타나는 파빌리온을 궁금해했다. 어릴 적 요셉과 아이들은 모이기만 하면 파빌리온에 관해 쉴 새 없이 떠들어댔다.

"얘들아, 너희들 그거 알아? 파빌리온에는 실험에 미친 과학자들만 살고 있대."

"아니야, 우리 삼촌이 그러는데, 파빌리온엔 책을 읽느라 눈이 먼 학자들만 있다던데."

"무슨 소리야! 은행에 다니는 우리 아빠가 그러는데, 거기엔 온종일 계산기만 두들겨 대는 은행원들이 살고 있다고 했어."

"얘들아, 파빌리온에는 학자도 있고 과학자도 있어. 문제는 누가 사느냐가 아니야. 어떻게 살고 있느냐지."

한 아이가 짐짓 진지한 척 말했다. 무리에서 머리가 제일 큰 아이였다.

"파빌리온 사람들은 어떻게 살고 있는데?"

"쉿! 너희들만 알고 있어."

머리 큰 아이는 잠시 주위를 둘러보더니, 무슨 큰 비밀이라도 되는 양 아이들에게 속삭였다.

"우리 작은 아빠가 그러는데, 파빌리온 사람들은 밥도 먹지 않고 잠도 자지 않는 일 중독자들이라서, 정부에서 강제로 침대에 뉘어 영양제를 맞게 한대."

"말도 안 돼! 우리 형은 파빌리온 사람들이 빌리지에서 착취한 것들을 모아 왕처럼 살고 있다고 하던데."

"아니야, 작은 아빠가 직접 눈으로 똑똑히 봤다고 했어!"

"우리 형도 진짜로 봤다고 했거든!"

파빌리온에 관한 얘기는 늘 싸움으로 끝났다. 아이들은 파빌리온에 대한 이런저런 소문을 늘어놓으면서도 정작 어른들에게 물어보거나 직접 가보려 하지 않았다. 간혹 파빌리온에 관해 물어봐도 어른들은 사람들이 사는 데가 다 똑같다거나, 거기나 여기나 별반 다르지 않다는 말로 얼버무리기 일쑤였다.

반면 빌리지를 방문하는 파빌리온의 관리인이나 의사 일행을 보면 아이들의 소문이 모두 거짓인 게 확실했다. 파빌리온에는 의회와 행정부, 사법부가 모여 있어 수많은 빌리지를 관리했고, 문제가 발생하는 즉시 필요한 관리인들을 빌리지로 파견했다. 또, 모든 빌리지에는 파빌리온과 통하는 연락망이 있어 도움을 요청하면 초고속 헬기와 드론을 보내 문제를 해결해 주었다.

그뿐만이 아니었다. 파빌리온은 주기적으로 인력을 파견해 빌리지 사람들의 의식주에 문제가 없는지 확인했다. 그들은 빌리지에 필요한 건 없는지 꼼꼼히 점검했으며, 때로는 새로운 기계와 장비들을 설치하기도 했다. 그런 파빌리온 사람들은 빌리지 사람들과 별로 다르지 않아 보였다. 그런데도 빌리지 어른들은 특별한 일이 아니

면 좀처럼 파빌리온에 가려 하지 않았다. 아이들이 그 이
유를 물으면 파빌리온이 겉으로만 화려했지 별로 볼 것
도 없다고들 했다. 게다가 정기적으로 오는 관리인들이
필요한 업무를 해주기 때문에 굳이 갈 필요를 느끼지 않
는 것 같았다.

파빌리온에 가기 싫어하기는 학생들 역시 마찬가지였
다. 빌리지 학생들은 일 년에 몇 차례씩 버스를 타고 파
빌리온으로 견학을 다녀와야 했다. 파빌리온에 가면 수
업 시간에 말로만 들었던 국회와 법원을 둘러보거나 과
학 연구소와 중앙청을 방문했다. 또, 박물관이나 미술관
에 가서 책에서 보았던 예술품들을 감상하고 관련 수업
이나 강연을 듣기도 했다.

파빌리온 견학 일정이 잡히면 아이들은 온갖 핑계를
대며 파빌리온에 가지 않으려 했다. 대부분의 견학은 아
침부터 오후 늦게까지 진행되기 때문에 학생들은 오후
의 자유 시간을 모두 포기할 수밖에 없었다. 고심 끝에
학교는 견학 일정을 줄이고, 대신에 쇼핑몰이나 영화관,
스케이트장을 일정에 추가해 결석생이 늘어나는 걸 막
아야만 했다. 또한, 선생님들은 견학이나 강연 중에 게임

을 하거나 수다를 떠는 학생이 눈에 띄어도 그냥 못 본 척했다.

요셉은 파빌리온 견학을 좋아하는 편이었다. 겉으로 내색은 안 해도 견학 일정이 빨리 잡히기만을 내심 기다 렸다. 새로운 역사와 과학을 공부하는 것도 재미있었고, 명사들의 훌륭한 강의를 듣는 것도 좋았다. 물론 파빌리 온 사람들의 일상을 자세히 들여다볼 수는 없지만, 간혹 가다 만나는 사람들의 모습이나 표정을 멀리서나마 관 찰할 수 있다는 이점도 있었다.

파빌리온은 겉모습부터 빌리지와 전혀 달랐다. 사람들 이 과거에 그렸던 미래 도시를 완벽하게 재현한 모습이 었다. 우선 파빌리온의 빌딩들은 대부분 푸른 빛을 띠는 유리로 만들어져 있었다. 100층이 넘는 유선형의 빌딩 사이에는 반원 형태의 건물들 수십 개가 지상을 가득 메 우고 있었다. 특히 일곱 개의 동그란 볼로 이루어진 과학 관은 멀리서 보면 태양계를 품은 우주처럼 보였다.

지상에는 사람이라곤 찾아볼 수 없었는데, 모두 지하 도를 이용하거나 건물 사이로 연결된 통로를 이용하기 때문이었다. 그래서인지 파빌리온의 지상은 사람의 온

기라곤 없는 빈껍데기처럼 보였다. 자기 부상 열차가 5분 간격으로 오가고, 수백 개의 드론이 하늘을 떠다니는 파빌리온의 모습을 보고 있노라면 요셉은 텅 빈 도시를 바라보는 것 같은 느낌을 지울 수 없었다.

침대에 걸터앉아 파빌리온을 바라보고 있으니 어릴 적 품었던 질문들이 다시 떠올랐다. 학교에서는 파빌리온과 빌리지의 차이를 행정 구역으로만 설명했지만, 그 속에 살아가는 사람들은 누가 봐도 확연한 차이가 있었다. 우선 파빌리온 사람들은 다양한 직업을 가지고 있었고, 모두 자신들이 선택한 일이었다. 그래서인지 빌리지에 파견된 파빌리온 사람들은 하나같이 자기 일을 좋아하는 것처럼 보였다. 어쩐지 눈빛부터가 달라 보였고, 일하면서도 왠지 신나 보였다. 요셉은 그 이유를 묻고 싶었지만, 파빌리온 사람들에게 접근하기조차 쉽지 않았다.

요셉이 가장 궁금한 건 파빌리온과 빌리지의 사람들이 언제부터 무엇 때문에 달라졌는지였다. 하지만 빌리지에는 비슷한 질문을 하는 사람도, 거기에 답변할 수 있는 사람도 더 이상 존재하지 않았다.

파빌리온의 과학관이나 강연장을 들를 때마다 요셉은

지나가는 파빌리온 사람들을 유심히 살펴보곤 했는데, 엄마와 이혼한 아빠를 혹시라도 볼 수 있지 않을까 해서였다. 그에 비해 파빌리온 사람들은 아무도 요셉에 관심을 두지 않았고, 바쁜 걸음으로 모두 어딘가로 사라져 버렸다. 요셉은 그런 파빌리온 사람들의 모습을 볼 때마다 그들이 빌리지 사람들과 어떻게 다른지, 어떤 모습으로 살아가는지 유추해 보려 했다. 하지만 무표정한 그들의 얼굴에선 아무것도 찾아낼 수 없었다. 요셉은 언젠가 파빌리온에 가겠다고 생각했지만, 정작 어떤 일을 하고 어떻게 살아갈지는 머릿속에 전혀 떠오르지 않았다. 그런 요셉에게 파빌리온이란 가고 싶지만 갈 수 없는 멀고 먼 나라였다.

한동안 생각에 잠겨 있던 요셉은 어둠이 내려앉은 창밖을 바라보았다. 파빌리온의 불빛이 유난히 환해 보였다. 요셉은 침대에서 일어나 창가로 다가갔다. 하지만 파빌리온의 불빛이라고 생각했던 건 조명이 아닌 달빛이었다. 하늘 높이 뜬 달이 파빌리온과 빌리지를 골고루 비추고 있었다.

일루미너스

요셉은 수업이 끝나자마자 곧바로 급식소로 향했다. 수요일은 수업이 늦게 끝나는 날이라 점심시간에 맞추려면 서둘러야만 했다. 점심시간은 12시부터 2시까지로, 학생들은 수업이 끝나는 시간에 맞춰 식사를 자유롭게 할 수 있었다. 하지만 사람들 대부분은 1시 전에 식사를 마치기 때문에 1시 반이 되면 급식소도 정리에 들어갔다. 수업 시간은 학생의 선택 과목에 따라 달랐는데, 대체로 7시에 시작해 12시면 오전수업이 끝났다. 오후에는 보충이 필요한 학생들과 선택 과목을 신청한 학생들만 남아 수업했다. 세계사를 선택한 요셉은 수요일 오후에는 온라인 강의가 있어 1시 30분이 넘어서야 수업이 끝났다.

급식소에 가까워지자 음식 냄새가 진하게 풍겨왔다. 요셉은 허기를 느끼며 발걸음을 재촉했다. 빌리지 전체에서 제일 높은 급식소는 빨간 벽돌로 지어진 4층짜리 건물이었다. 건물 안으로 들어서면 위층으로 올라가는 계단이 보이고, 급식실 내부는 왼쪽의 조리실과 오른쪽의 식당으로 나뉘어 있었다. 문 옆에는 식수와 커피, 식판, 포크, 컵 등이 가지런히 놓여있어 사람들이 편하게 사용할 수 있었다. 문 앞에서 시작된 배식구는 반대편까지 길게 이어졌는데, 사람들은 준비된 음식들을 천천히 접시에 담으며 음식을 만들고 나르는 요리사들의 모습을 지켜보곤 했다.

식당은 층마다 이용하는 사람들과 메뉴가 모두 달랐다. 1층에는 이유식을 먹는 아기나 환자들, 노인들이 '헬퍼'의 도움으로 식사했고, 2층에는 주로 유치원생과 초등학생이 모여 식사했다. 3층에는 수업을 마친 중학생이나 고등학생들이 모여들었고, 4층에선 주로 어른들이나 직업학교 학생들이 식사했다. 하지만 정해진 규칙이 있는 건 아니라서 사람들은 원하는 층에서 원하는 사람들과 식사할 수 있었다. 낮에는 3층에서 점심을 먹은 사람이 저녁엔 가족과 함께 4층에서 저녁 식사를 하기도 했다. 또한, 층마다 메뉴가 조금씩 달라서 어른들이 마카로니 치즈를 먹기 위해 1층에 몰려들기도 했다.

급식실의 미닫이문을 열고 들어섰을 땐 안은 비교적 한가한 편이었다. 언제나처럼 급식실 벽에선 오래된 닭고기 수프 냄새와 양파 냄새가 진하게 풍겨왔다. 요셉은 손으로 코를 싸쥔 채 계단을 통해 재빨리 위층으로 올라갔다. 배고플 땐 그나마 참을만했지만, 배가 부르면 숨쉬기조차 힘들었다. 4층에 올라가려던 요셉은 텅 빈 3층을 보고 그곳에 남았다. 학생들이 많이 있을 때는 일부러 4층에 올라가 어른들 틈에 끼어 점심을 먹었지만, 대부분이 식사를 마쳐서인지 학생들이 거의 보이지 않았다.

요셉은 한쪽에 놓인 식판을 들고 배식구 앞에 섰다. 조리실 안에선 흰색 모자에 앞치마를 두른 조리사들이 남은 음식들을 정리하고 세척기에 접시들을 차곡차곡 넣고 있었다. 그 옆에선 다른 조리사들이 소독기에서 깨끗해진 식기들과 컵들을 밖으로 꺼내 정리했다. 식판을 들고 선 요셉을 보고 조리사 한 명이 배식구로 다가왔다.

"요셉, 왜 이렇게 늦었니? 음식이 별로 안 남았는데."

테오 엄마였다. 조리사인 테오 엄마는 늘 명랑한 목소리로 요셉을 반겨주었다.

"역사 수업이 이제 끝나서요. 음식은 조금만 주셔도 돼요."

"요셉은 공부를 열심히 하는구나. 우리 테오도 그러면 좋을 텐데."

테오 엄마가 식판에 푸딩을 잔뜩 올려놓으며 말했다. 어릴 적 요셉의 식판에 산더미처럼 올려진 푸딩을 본 뒤로 테오 엄마는 요셉만 보면 푸딩을 더 주려 애썼다. 그때까지도 요셉은 친구들이 자기를 놀리기 위해 제일 싫어하는 푸딩을 일부러 쌓아둔 거란 사실을 차마 말하지 못하고 있었다.

"테오는 축구를 잘하잖아요. 다들 테오를 부러워하는걸요."

"그렇게 말해줘서 고맙구나. 참, 4층에 가서 먹지 그러니? 거기엔 음식이 좀 더 많이 남았던데. 푸딩만 가지고 올라가. 거기엔 치킨이랑 수프도 좀 남았을 거야. 아까부터 엄마가 널 기다리는 눈치던데."

"아니요, 이걸로 충분해요. 감사합니다."

요셉은 식어버린 수프와 빵, 샐러드 조금에다 푸딩만 잔뜩 있는 식판을 가지고 식당 구석에 자리 잡았다. 식당 가운데 학생들 몇 명이 모여 있는 게 보였다. 대부분 식사를 끝내고 잡담을 나누거나 남은 음식을 가지고 장난을 치고 있었다. 요셉은 고개를 숙인 채 식은 음식들을 욱여넣기 시작했다. 배가 너무 고픈데도 아무런 맛도 느낄 수 없었다. 4층으로 갈 걸 그랬나 하는 후회가 밀려들었지만 올라가기엔 너무 늦었다는 생각이 들었다. 게다가 엄마와 마주치면 점심을 늦게 먹으러 왔다고 잔소리를 퍼부어댈 게 뻔했다.

엄마는 빌리지의 한 명뿐인 영양사였다. 조리사들과 식단을 짜고, 필요한 재료들을 사들이며 급식소 전체를 관리하는 중요한 인물이었다. 요셉의 집이 빌리지에서 유일하게 2층인 이유도 필요한 식자재를 쌓아둘 큰 창고가 필요하기 때문이었다. 다른 친구들은 엄마가 영양사라서 좋겠다며 부러워했지만, 요셉은 아무런 혜택을 받지 못했다. 엄마와 마주치지 않기 위해 요리조리 피해 다니는 데다, 가끔 엄마가 버리기 아깝다고 가져오는 디저트들을 요셉은 거들떠보지도 않았다. 다행히 누나와 동생은 요셉과 달리 엄마의 디저트를 좋아했다.

대충 식사를 끝내고 남은 푸딩을 뒤적이고 있는데, 학생 몇 명이 요셉에게 다가왔다. 식당에 왔을 때 없었던 걸 보면, 요셉을 찾아 일부러 식당까지 온 게 분명했다. 요셉은 포크를 내려놓고 자신을 둘러싼 아이들을 올려다보았다. 여학생 2명과 남학생 4명 여섯 명으로, 하나같이 낯이 익은 학생들이었다. 그중에 두 명은 현재 요셉과 같은 반이었고, 나머지도 전에 같은 반이었거나 같은 수업을 들은 적이 있는 학생들이었다. 요셉은 왜 그들이 자신을 찾아왔는지 전혀 짐작할 수 없었다. 그들은 모두 '일루미너스'라는 동아리 회원들인 데다, 늘 외톨이인 자신과는 접점이라곤 없기 때문이었다.

일루미너스는 학생들의 의견을 수렴하고 학교의 뜻을 전달하는 중계자 역할을 하겠다며 만들어진 그룹이었다. 하지만 시간이 흐를수록 자신들의 뜻을 학생들의 의견인 양 내세웠고, 학교에서 무슨 일만 하면 무조건 반대하고 나섰다. 뚜렷한 명분도 없이 싸움만 키우는 일루미너스 회원들을 학교는 점점 못마땅하게 여겼다. 요셉도 마찬가지였다. 학교가 세운 방침에 무슨 큰일이라도 난 것처럼 핏대를 세워가며 얘기하는 회원들의 주장은 하나같이 논리적이지 않았고 비약이 심했다.

"무슨 일이야?" 요셉이 물었다.

"안녕, 요셉. 우린 너의 의견이 필요해서 왔어. 잠깐 시간 좀 내줄 수 있지?"

점잖은 척 얘기하는 남자애는 초등학교 때 같은 반이었던 나단이었다. 머리 색깔이 샛노란 금빛이라서 아이들이 보통 '금발'이라고 불렀다.

"난 너희들하고 별로 말하고 싶지 않은데. 용건만 간단히 말해."

"우리 일루미너스에선 오후에 있는 보충 수업과 선택 수업을 없애려고 학생들 의견을 모으고 있어." 금발이 미소 띤 얼굴로 설명했다.

"그래서?"

"너도 우리 의견에 동의한다고 서명해 줄래?"

옆에 있던 여학생이 종이를 내밀었다. 종이에는 오후 수업에 반대한다는 간단한 얘기와 학생들의 서명이 줄줄이 쓰여있었다.

"난 서명하고 싶지 않은데." 요셉이 여학생에게 종이를 다시 돌려주며 말했다.

"왜? 너도 세계사 수업 억지로 듣고 있는 거 아니야? 역사 관리 선생님이 떠밀었다면서?"

"아니. 관리 선생님이 추천해 주신 건 맞지만, 선택은 내가 한 거야. 내가 좋아서 듣고 있는 거라고." 요셉의 말에 학생들이 놀란 표정으로 서로를 바라보았다. 동시에 금발의 얼굴에서 미소가 사라졌다.

"그래? 네가 하도 이상한 질문을 해대니깐, 관리 선생님도 귀찮았나 보네." 금발이 빈정거렸다.

"그리고 나는 너희들이 반대하는 것을 반대해."

요셉이 단호히 말했다. 그러자 뒤에 있는 남자애 하나가 큰 소리로 떠들어댔다. 항상 금발만 쫓아다니는 머저리 같은 녀석이었다.

"반대를 반대한다. 와, 멋진걸!"

"시끄러워!" 금발이 머저리에게 소리쳤다. 하지만 금발은 집요한 녀석이었다. 세상 모든 일을 자기 뜻대로 해야만 직성이 풀리는 성격이었다.

"우리는 학생들이 오후 수업을 들을지 말지 스스로 결정해야 한다고 생각해. 관리 선생님들이 우리에게 수업을 들으라고 강요할 수는 없어. 안 그래?" 금발이 따지듯 물었다.

"너는 우리에게 권리만 있다고 생각하니? 난 우리가 빌리지 시민으로서 필요한 교육을 받을 의무도 있다고 생각하는데. 그리고 모든 학생이 오후 수업을 싫어한다고는 생각하지 마. 단 한 명이라도 원한다면 선택 수업은 필요한 법이니까."

당황한 아이들은 말없이 서 있기만 했다. 하지만 침묵은 오래가지 못했다.

"그래도 서명은 해주지 그래? 학생들 대부분이 오후 수업 엄청나게 싫어하는 거 알지? 사실 공부 못하는 애들 잡아놓고 억지로 시키는 거잖아." 갑자기 옆에 있던 여학생이 끼어들었다.

"그래, 요셉. 서명해 주면 우리 일루미너스에 입단할

기회를 줄게."

여학생의 말에 금발이 선심 쓰듯 말했다. 요셉은 그런 둘의 모습을 말없이 바라보았다. 학생들은 요셉이 서명과 입단 중의 하나를 고르느라 고심하고 있다고 생각했다. 이윽고 요셉이 입을 열었다.

"난 서명하기도 싫고, 일루미너스에 들어가는 건 더 싫은데." 요셉이 말했다.

"왜? 나는 네가 우리랑 잘 맞을 것 같은데. 넌 친구도 없고, 학교 다니는 것도 별로 안 좋아하잖아. 안 그래?"

이번엔 머저리였다.

"내가 친구가 왜 없어? 네가 나에 대해 뭘 아는데?" 요셉이 머저리에게 되물었다.

"테오는 너 좋다고 그냥 혼자 따라다니는 애고, 걔 빼면 너 학교에서 늘 혼자잖아."

"그건 내가 혼자 있는 걸 좋아하기 때문이야. 그리고 테오는 내 친구고."

"내가 보기엔 너는 불만이 많아. 학교도 그렇고, 빌리지도 그렇고. 그래서 혼자 다니는 거 아니야?" 머저리의 말에 힘을 얻었는지 금발이 요셉을 다그쳤다.

요셉은 금발의 자못 심각한 표정에 웃고 말았다. 금발은 자신이 무슨 대단한 '정의의 사도'라도 된 줄 아는 모양이었다. 하지만 요셉의 표정을 읽지 못한 금발은 계속 떠들어댔다.

"다른 애들은 네가 따돌림당한다고 생각하지만, 내가 보기엔 네가 애들 전체를 따돌리는 것 같단 말이야. 일루미너스에 들어오면 네가 싫어하고 반대하는 것들을 같이 할 수 있도록 해줄게. 어때?"

"됐고. 나는 그따위 성명서에 사인할 생각 없으니깐 그만 비켜줄래. 그리고 성명서를 돌리려면 제대로 쓰든가. 오후 수업을 왜 반대하는지, 왜 너희가 나서게 됐는지 정도는 써야 하지 않을까? 그리고 잘 생각해 봐. 너희가 누굴 위해서 오후 수업을 반대하는지 말이야. 실력이 부족해서 오후 수업이 필요한 학생들을 위해서인지, 아니면 귀찮은 수업 빼고 놀러 다니고 싶은 너희 자신을 위해서인지."

말을 끝낸 요셉은 식판을 들고 일어섰다. 배식구로 천천히 걸어가는 요셉의 뒤로 아이들이 '재수 없어' '자기가 뭐 잘난 줄 알아'라며 수군대는 소리가 들려왔다. 요셉도 마음이 좋지 않았다. 별것도 아닌 일에 유별나게 굴어서 학생들 입에 오르내리게 되었다는 생각이 들었다. 하지만 학생들의 무례한 태도는 마음에 들지 않았다. 물론 일루미너스 회원들이 다른 태도로 서명을 요구했다고 해도, 요셉은 절대로 서명하지 않을 생각이었다.

급식소를 나온 요셉은 광장 주위를 거닐었다. 급식소와 복지관 사이에 놓인 테이블에선 식사를 마친 어른들이 커피를 마시며 담소를 나누고 있었다. 몇몇 어른들은 가을빛이 가득한 '그레이우드'로 산책을 나서기도 했다. 그레이우드 양쪽에는 노란색으로 물든 마로니에 나무들이 눈 부신 햇살을 적당히 가려주었다.

테이블에 앉은 어른들은 주로 어제 본 드라마나 새로 나온 영화에 관해 이야기를 나누었다. 학생들은 복지관으로 이어지는 넓은 계단에 모여서 최근에 찍은 영상과 사진들을 서로 나누며 새로운 영상 편집 기술과 프로그램들을 서로 교환했다.

변함없는 풍경에 마음이 느긋해진 요셉은 기분 좋게 학교로 향했다. 보충 수업을 받는 몇몇 아이들이 학교로

뛰어가는 게 보였다. 학교 운동장에선 아이들끼리 삼삼
오오 모여 축구나 야구 경기를 하고 있었다. 또, 나무 밑
에는 제법 머리가 굵은 아이들이 누워 얘기를 나누거나
게임을 하기도 했다. 평범한 하루였다. 그 변함없는 일상
이 요셉에게 나른한 행복을 주었다. 학교 근처에 다다른
요셉은 발걸음을 돌려 오른쪽에 있는 오솔길로 향했다.

오솔길 왼편에는 참나무 사이로 수풀이 무성했고, 오
른편에는 초원이 넓게 펼쳐져 있었다. 나무 사이로 박새
들의 청아한 노래가 하늘 높이 울려 퍼졌다. 요셉은 콧노
래를 부르며 오솔길을 걸었다. 그 오솔길 끝에는 사람들
이 거의 오가지 않는 빌리지 도서관이 있었다. 가장 편안
하고 아름다운 공간으로 만들겠다던 애초 바람과 달리,
광장에서 멀리 떨어진 도서관은 사람들의 발길이 가장
뜸한 곳이 되어 버렸다. 이젠 도서관이 거기에 있는지조
차 모르는 사람도 많았다. 하지만 그곳엔 여전히 과거의
책들이 남아 있었고, 현재와 미래를 담은 새로운 책들이
끊임없이 들어오고 있었다.

요셉은 수풀 속에 가려진 도서관을 향해 천천히 걸어
갔다. 따스한 가을 햇살이 요셉의 등을 어루만져 주었다.

그때 뒤에서 인기척이 느껴졌다. 고개를 돌리려는데 갑자기 억센 팔 하나가 요셉의 목을 졸라왔다. 깜짝 놀라 뒤를 돌아보니 다름 아닌 테오였다. 언제 따라왔는지 요셉의 목에 팔을 두른 채 장난스럽게 웃고 있었다. 요셉은 목에 두른 테오의 팔을 빼며 무뚝뚝하게 물었다.

"왜 따라와? 오늘 축구 시합 있다며?"

어려서부터 요셉의 단짝이었던 테오는 현재 중학교 축구부 주장이었다. 초등학교 때만 해도 비슷했던 테오의 키는 요셉보다 머리 하나가 더 있을 정도로 컸고, 검게 그을린 피부 덕분에 원래도 단단한 몸이 더욱 다부져 보였다.

"운동장에 있다가 너 보이길래 따라왔지. 넌 또 도서관이냐?"

"응. 딱히 할 것도 없어서……."

"할 게 왜 없어? 애들이랑 축구도 하고 게임도 하면 좋잖아."

"너나 많이 해. 난 별로 관심 없으니깐."

"너는 책 말고 관심 있는 게 전혀 없어?"

"테오, 너까지 왜 그래?"

요셉의 목소리에 짜증이 묻어났다.

"요셉, 혹시 너 빌리지 학교 졸업하고 파빌리온으로 가려고 그러는 거야?"

요셉은 깜짝 놀라 걸음을 멈추었다. 요셉을 바라보는 테오의 얼굴이 평소답지 않게 진지했다.

테오는 어려서부터 걱정이라곤 없는 아이였다. 성격이 밝고 활발해서 어른이고 아이이고 모두 테오를 좋아했다. 주위 사람들은 그런 테오와 요셉이 어떻게 친구가 됐는지 의아해했다. 항상 긍정적이고 솔직한 테오는 언제나 어둡고 무슨 생각을 하는지 종잡을 수 없는 요셉과 너무나 대조적이었다. 요셉은 그런 테오가 부담스러울 때도 있었지만, 테오는 여전히 요셉을 좋아했고 늘 먼저 손을 내밀었다.

사실 테오가 요셉을 좋아했던 이유는 요셉이 말이 없기 때문이었다. 다른 친구들은 자기 말만 하려고 했지, 남의 이야기를 들으려 하지 않았다. 자신의 속마음을 모두 털어놓아야 직성이 풀리는 테오에겐 말없이 자기 말을 들어주는 요셉이 편하고 좋을 수밖에 없었다. 테오는 종종 친구들이 자기 말을 귀담아듣지 않는다며 짜증을 내곤 했는데, 요셉이 보기엔 테오도 마찬가지였다. 하지만 쾌활하고 순진한 테오의 성격을 아는 요셉은 그저 웃어넘길 뿐이었다.

테오는 요셉에게 학교의 축구부 이야기부터 집에서 엄마에게 혼난 것까지 시시콜콜 다 이야기했다. 하지만 정작 진지한 이야기는 한번도 해본 적이 없었다. 그런 테오가 갑자기 졸업이나 파빌리온이란 단어를 입에 담으니, 요셉은 놀라지 않을 수 없었다.

"갑자기 무슨 말이야?" 요셉이 물었다.

"그렇잖아. 네 입으로 도서관이 정말로 마음이 안 든다고 말하지 않았어?"

"그거하고 파빌리온하고 무슨 상관인데?"

"난 왠지 네가 빌리지를 떠나기 위해 도서관에 오간다는 생각이 들어. 뭔가 새로운 걸 찾기 위해서 말이야. 안 그러면 저 이상한 도서관에 뭣 하러 매일 가냔 말이야."

"말도 안 되는 소리 그만해. 도서관엔 그냥 책 읽으러 가는 거야."

"그러니까, 왜 책을 읽냐고? 재미도 없다면서. 도대체 넌 미래에 어떤 일을 하고 싶은데? 네 꿈이 뭐냐고?"

요셉은 순간 당황했다. 너무 놀라 아무 말도 나오지 않았다. '꿈'이라니, '미래'라니. 자신이 지금까지 입 밖에 꺼내지 못했던 말들을 테오가 아무렇지도 않게 내뱉는다는 게 놀랍기만 했다. 하지만 테오의 말을 듣는 순간 요셉은 깨달았다. 어쩌면 테오의 말이 사실일지도 모른다는 걸. 자신이 감히 떠올리지 못했던 생각을 결국 테오가 끄집어내 준 것이라는 사실도.

"그럼 테오 넌 뭘 하고 싶은데?"

요셉이 겨우 입을 열었다.

"나야 당연히 축구 선수지."

테오의 대답을 들은 요셉은 자신이 얼마나 미련한 질문을 했는지 곧 알아차렸다. 축구는 테오의 미래이자 변함없는 꿈이었다. 축구를 하는 테오의 모습은 도서관에서 책을 읽는 요셉의 모습보다 훨씬 자연스럽고 당연하게 보였다. 그만큼 테오는 축구를 좋아했고, 축구라면 빌리지에선 자신이 최고라는 사실을 믿어 의심치 않았다. 요셉은 그런 테오가 늘 부러웠다. 자신에게도 그렇게 당연한 모습이 있다면 얼마나 좋을까 생각했다.

"맞아, 넌 꿈이 있지." 요셉이 힘없이 말했다.

"글쎄, 그게 꿈일까? 그럴지도 모르지. 하지만 난 훌륭한 축구 선수가 된다고 해도, 파빌리온엔 절대 가지 않을 거야." 테오가 단호하게 말했다.

"그건 왜?"

"들었거든, 파빌리온이 얼마나 무서운 곳인지."

"정말?"

요셉이 놀란 눈으로 바라보자, 테오는 갑자기 목소리를 낮춰 말하기 시작했다.

"옆 빌리지에 사는 우리 사촌 형, 르우벤 알지?"

"알고말고. 작년에 너희 집에 왔을 때 다 같이 낚시를 가기도 했잖아."

"맞아. 그 형이 게임 대회에서 우승해서 얼마 전에 파빌리온으로 초청받아 갔잖아."

"그랬어? 난 처음 듣는 얘긴데."

"네가 게임에 관심이 없으니까 그렇지. 이 년에 한 번씩 열리는 대회인데, 각 빌리지의 우승자끼리 겨뤄서 올라가는 토너먼트 방식이거든. 그런데 형이 계속 우승해서 파빌리온 결승까지 올라간 거지. 원래 빌리지에서도 알아주는 실력이었거든. 우리 외갓집 식구들이 그쪽 방

면으로……."

"그래서 파빌리온에 갔어?" 요셉이 다그쳐 물었다.

"정말 갔다니까. 곧 돌아오긴 했지만."

"파빌리온에 갔다가 돌아왔다고? 왜?"

"형한테 들으니까, 글쎄 몇 달도 못 버티겠더래. 처음엔 좀 잘해주나 싶더니, 나중엔 뭔가를 계속 시키더라는 거야. 낮에는 게임의 원리부터 알아야 한다면서 공부시키고, 밤에는 스킬을 익혀야 한다면서 연습을 계속 시키더라는 거야. 그래도 꾹 참고 견뎠는데, 며칠 지나니까 점점 죽을 것 같더래."

"그래서 어떻게 됐는데?"

요셉의 목소리가 점점 초조해졌다.

"어떻게 되긴, 빌리지로 돌아왔지. 그 사이에 몸무게가 10파운드도 넘게 빠졌더라니깐. 몇 달 쉬다가 빌리지에 있는 게임 관리 협회에서 일하기 시작했어."

이야기를 끝까지 들은 요셉은 고개를 떨구었다. 파빌리온에 초대받아 간 사람들 이야기를 간혹 듣긴 했지만 직접 들은 건 이번이 처음이었다. 그런데 테오가 설명한 파빌리온은 요셉이 그려왔던 파빌리온과 너무나 달랐다. 지금까지 아무에게도 말하지 않았지만, 요셉은 오랫동안 마음속으로 파빌리온을 그려왔다. 그곳엔 빌리지에는 없는 무언가가 반드시 있을 거라고 믿었다. 요셉의 가슴을 뛰게 하고, 마음 깊은 곳에 있던 무언가를 끄집어내 줄 손길이 자신을 기다리고 있다고 확신했다. 하지만 꿈에서만 그려온 파빌리온의 실체가 눈앞에 드러나자, 요셉은 실망감을 감출 수 없었다. 갑자기 머리가 어지럽고 온몸에서 피가 빠져나가는 듯했다. 테오는 그런 요셉의 마음을 눈치채지 못한 채 파빌리온에 대해 계속 떠들어댔다.

"형이 그러는데, 빌리지에서 일하는 게 몸도 마음도 훨씬 편하대. 파빌리온엔 절대 다시 안 갈 거래. 어차피 여기서도 잘 사는데 뭣 하러 가겠냐고 말이야."

"그래서 넌 최고의 축구 선수가 돼도 파빌리온엔 가지 않겠다는 거야?"

"당연하지. 내가 뭣 하러 멀리까지 가겠어. 여기서도 충분히 잘 살 수 있는데."

"테오, 넌 더 넓은 곳에서 뛰어보고 싶다는 생각은 없어? 국가 대표도 될 수 있고, 다른 나라 선수들과 겨뤄볼 수도 있잖아."

"그럴 수도 있겠지. 하지만 난 그렇게까지 하고 싶지 않아. 나는 대단한 축구 선수가 되는 것보다 편안하고 행복하게 사는 게 더 좋으니까."

"편안하고 행복하게 사는 게 뭔데?"

"뭐긴 뭐야? 빌리지에 살면서 급식소에서 밥 먹고, 낮에는 축구 대표 선수로 일하고, 밤에는 집에 가서 영화도 보고 게임도 하면서 즐겁게 사는 거지."

테오가 당연하다는 듯이 말했다. 하지만 요셉은 적게 일하고 즐겁게 노는 것이 행복이란 테오의 말에 동의할 수 없었다. 남이 만들어 준 밥을 먹고, 남이 정해준 일을 하는 게 편안하다고도 생각하지 않았다. 삶은 편하고 즐거운 일상만이 아닌, 그 이상일 거라 여겼다. 또한, 우리가 모르는 세상 너머엔 한 번도 경험하지 못한 새로운 세계가 있을 거라 확신했다. 하지만 아이들 대부분은 세상 너머엔 관심도 없었고, 편안하고 안락한 삶만을 원했다.

요셉이 입을 꾹 다문 채 말이 없자 테오가 계속 말을 이었다.

"요셉, 그러니깐 너도 재미없는 책이나 보지 말고, 나랑 축구나 하러 가자, 응?"

"나중에. 오늘은 확인해 볼 게 있어서. 미안해, 테오."
요셉이 힘없이 말했다.

"난 오늘은 너랑 꼭 같이 뛰고 싶었는데……."

테오의 얼굴이 실망으로 어둡게 변했다. 요셉도 그런
테오에게 미안한 마음이 들었다. 그까짓 도서관이 뭐라
고 함께 축구 한 번 뛰어주지 못하는 자신이 원망스러웠
다. 하지만 테오는 금방 밝은 얼굴로 돌아와 명랑한 목소
리로 말했다.

"그럼, 오늘은 말고 나중에 꼭 같이 나랑 축구 시합하
는 거다."

"알았어, 테오. 다음에 꼭 같이 뛸게."

테오는 학교 운동장을 향해 뛰어갔다. 멀어져가는 테
오를 바라보며 요셉은 한동안 서 있었다.

80 은유법

트로이와 다르다노스

이번 목요일은 요셉에게 특별한 날이었다. 그토록 알고 싶었던 빌리지의 역사를 2교시 사회 시간에 배우기로 예정되어 있어서였다. 대부분의 수업은 정부가 제작한 영상 강의로 진행되었다. 각 과목을 담당하는 관리 선생님이 있어 학생들이 쉽게 이해할 수 있도록 도와줄 뿐만 아니라, 간혹 궁금한 것을 물어볼 수도 있었다.

요셉은 이번 수업을 꽤 오랫동안 기다려 왔다. 빌리지의 역사를 배우면 파빌리온에 대해서도 어느 정도 알 수 있을 거라 기대했다. 1교시 수학 시간이 끝나기만을 기다렸던 요셉은 2교시가 시작되자 자세를 고쳐 앉고 관리 선생님이 들어오기만을 기다렸다.

드디어 수업이 시작되고 관리 선생님이 들어오셨다. 사회 과목을 담당하는 '미스 앰버'는 학교에서 깐깐하기로 유명한 노처녀 선생이었다. 미스 앰버는 학생들이 영상 강의를 잘 듣는지 뒤에서 늘 감시하고, 숙제를 안 해 오거나 퀴즈에 통과하지 못하면 강의를 다시 듣게 했다. 또한, 다른 관리 선생님들과 달리 학생들이 질문하는 걸 극도로 싫어했는데, 혹시라도 강의 중에 질문하는 학생이 있으면 이해가 될 때까지 강의를 반복해서 듣게 했다. 덕분에 사회 수업은 어느 시간보다 조용하고 질문하는 학생도 거의 없었다.

미스 앰버가 교실 중앙에 있는 커다란 화면을 켜자, 강의가 시작되었다. 화면 속 강사는 2025년에 불어닥친 세계적인 기후 위기와 경제 악화부터 설명하기 시작했다. 인류는 2019년에 발생한 '코로나바이러스' 때문에 많은 사망자와 경제적 위기를 맞게 되었다. 선진국의 발빠른 백신 개발로 간신히 코로나에서 벗어났지만, 그 이

후에 발생한 심각한 기후 변화와 식량난으로 끊임없는 갈등과 쿠데타가 일어났다고 했다.

영상은 2027년에 세계 각지에서 발생한 시위와 식량 부족으로 인해 굶고 있는 아이들의 모습을 적나라하게 보여주었다. 경찰과 대치하다가 상처를 입고 실려 나가는 시위대의 모습, 뼈만 앙상한 채로 배고픔에 지쳐 울고 있는 아이들의 모습이 5분 넘게 이어졌다. 비슷한 영상을 몇 번이나 보았는데도 학생들은 여전히 얼굴을 찡그리며 눈물을 흘렸다. 요셉의 뒤에 있던 여학생 두 명이 수군거렸다.

"이 영상 예전에도 봤었지?"

"맞아, 초등학교 때도 봤잖아. 그런데 이 영상 진짜일까, 편집한 거 아니겠지?"

"사실 나도 이해가 안 돼. 어떻게 식량이 부족할 수가 있어. 농업이 기계화된 지가 언젠데."

"우리 아빠가 그러는데, 어떤 나라는 식량이 남아돌고 또 어떤 나라는 기후가 나빠서 식량이 부족하기도 했대."

"그러면 다른 나라에서 사들이면 되잖아. 식량이 남는

나라들이 부족한 나라를 도와주면 되는 거 아니야?"

"내 말이 바로 그거야. 그때는 왜 그런 생각을 못 했을까?"

"우리가 모르는 뭔가 사정이 있었겠지. 그래도 답답한 건 사실이야."

둘이 이야기를 끝내려는데, 옆자리의 다른 여자애가 끼어들었다.

"너네는 그것도 몰라. 부자 나라들이 사재기해서 그런 거잖아, 비싸게 팔아먹으려고. 게다가 그때는 옥수수 수확량의 4분의 1을 소를 먹이는 데 사용했다고 하던데."

"정말? 그래서 식량이 부족했구나. 너무 안됐다."

"그 얘기 들으니까, 저 아기가 너무 불쌍해."

여학생 하나가 훌쩍거리기 시작했다.

요셉은 여학생들 얘기를 듣느라 설명 몇 개를 놓쳤지만, 강의는 계속되었다. 사태를 진정시키기 위해 국가는 수많은 대책을 허겁지겁 내놓았다. 하지만 정부가 내놓은 대책들은 사람들을 오히려 더욱더 화나게 했다. 고용 시장의 유연성을 위해 만들어진 법률은 제대로 된 일자리를 점점 줄어들게 했고, 부동산의 가격 상승으로 사람들은 집을 잃게 되었다. 궁지에 몰린 사람들은 하나둘씩 쿠데타에 가담하기 시작했고, 결국 정부는 전복되고 말았다. 그 후, 쿠데타를 잠재우고 새로 일어선 정부는 국민의 행복과 복지를 최우선으로 삼게 되었다.

새로운 국가는 제일 먼저 다국적 기업의 과세와 '로봇세'를 통해 마련된 재정으로 모든 국민에게 기본 생활비를 지급하고 주거지를 보장해 주었다. 화면에 로봇들과 최첨단 기계들이 나오자, 옆에 앉은 남학생들이 수군대기 시작했다.

"다국적 기업이 뭐냐?"

"이 무식한 놈아, 그것도 모르냐? '애플'이나 '유튜브'처럼 세계 여러 나라에서 활동하는 기업을 말하는 거잖아."

"그럼, 로봇세는 뭔데?"

"글쎄, 그건 나도 잘 모르겠는데."

"쳇, 잘난 척은. 자기도 잘 모르면서."

"로봇세란 로봇을 사용하는 사람이나 기업으로부터 걷는 세금을 말해요. 로봇 때문에 일자리를 잃은 사람들에게 직업 훈련을 시키고 새로운 일자리를 찾도록 돕기 위해 정부가 마련한 세금을 뜻하죠." 아이들이 소곤대는 얘기를 들었는지, 미스 앰버가 뒤에서 설명해 주었다. 요셉은 계속해서 강의를 들었다.

스무 살이 됨과 동시에 받게 되는 주택과 생활비는 결혼과 직업 선택에 따라 조금씩 다르지만, 규모나 크기에서 보면 거의 비슷했다. 반면 사람들의 생활방식과 삶의 태도는 예전에 비해 크게 달라졌다. 일자리와 주거를 보장받은 사람들은 더 이상 교육에 에너지를 쏟지 않았고, 대학에 가려는 사람도 점점 줄게 되었다. 하지만 국가는 여전히 박사와 의사, 전문가들이 필요했기에 대학을 없애지 않았고, 소수의 인원을 교육해 파빌리온에 머물게 했다. 나머지 사람들은 빌리지에서 최고의 복지를 누리며 살아갈 수 있었다.

이어지는 강의는 빌리지의 형성을 미국의 필그림에 비유했다. 빌리지 사람들은 끝없는 욕망과 과도한 경쟁으로부터 떠나왔으며, 마침내 삶의 여유를 얻어냈노라고 주장했다. 지금 우리가 누리고 있는 최소한의 노동과 편안하고 즐거운 일상이 바로 그 증거라고 설명했다. 결국 부모들의 과감한 결단 덕분에 우리는 아무런 걱정 없이 새로운 게임과 영상을 즐기며 살게 되었다며 강의를 마쳤다.

뒤에서 기다리고 있던 미스 앰버는 강의가 끝나자, 화면을 종료하고 학생들에게 자료집을 하나씩 나눠주었다. 작은 책자 형태의 자료집에는 간략한 강의 내용과 과제로 풀어야 할 퀴즈들이 빼곡히 적혀 있었다. 옆에 있던 남학생 둘이 퀴즈를 보며 소리쳤다.

"뭐야, 왜 이렇게 문제가 많아?"

"헤헤. 너 강의 안 듣고 잤지? 옆에서 다 봤어."

"쉿, 조용히 해! 너 수업 들었으면 나한테 답 좀 보내 줘. 알았지?"

"나도 제대로 안 들었어. 걱정하지 마, 인터넷 찾아보면 다 있을 거야."

"맞아, 내가 그 생각을 왜 못했지. 아무튼 고맙다."

뒤에 앉은 학생들도 늘어지게 하품하며 자료집을 넘겨보거나 강의 내용을 주고받았다. 맨 앞에서 강의를 열심히 들은 요셉만 조용히 앉아 있었다.

기대와 달리 파빌리온에 관한 설명이 거의 없어서 매우 실망스러웠다. 게다가 강의 마지막 부분은 이해하기조차 힘들었다. 강의는 편안하고 즐거운 일상을 얘기하면서 게임과 영상만을 예로 들었다. 대체 왜 그랬을까. 삶의 행복이 집에서 게임하고 영상이나 보는 건만 의미하진 아닐 텐데 말이다. 도대체 즐거운 삶에 독서나 책은 왜 포함되지 않는 건지 화가 날 지경이었다.

사실 강의가 틀린 것만은 아니었다. 젊은이들에게 책이란 노인들이나 읽는 구시대의 유물이었고, 학생들은 숙제가 아니면 절대로 책을 읽지 않았다. 상황이 그렇다 보니, 오래된 책이나 읽으며 새로운 음악이나 영상엔 관심을 보이지 않는 요셉이 오히려 이상한 아이로 여겨졌다. 하지만 요셉은 학생들에게 묻고 싶었다. 즐거운 삶 속엔 책도 있고, 독서도 있지 않냐고. 학생들뿐만 아니라, 가만히 지켜보고 있던 미스 앰버에게도 묻고 싶었다. 하지만 요셉은 수업이 끝날 때까지 아무에게도 묻지 못했다. 정말로 그랬다간 학생들뿐만 아니라 미스 앰버까지 자신을 미친놈으로 여길 게 분명했다.

마침내 주말이 다가왔다. 금요일에는 오후 수업이 없어서 학교가 일찍 문을 닫았다. 급식소에서 점심 식사를 끝낸 학생들은 환한 얼굴로 모두 흩어졌다. 삼삼오오 모인 학생들은 복지관 뒤편 계단에 모여 수다를 떨거나 게임을 했고, 복지관 한쪽에서 라켓볼이나 탁구 시합을 벌이기도 했다. 주말이란 단어에 취한 아이들은 잔디밭에 누워 말없이 파란 하늘을 바라보기도 했다. 느긋해진 어른들도 광장 주변을 서성이다가 늦게서야 일터로 향했다.

식사를 마친 요셉도 천천히 도서관으로 향했다. 가을이 깊어지면서 햇살이 가볍게 느껴졌다. 여름 동안 오솔길을 가로막았던 무성한 풀들도 하나같이 고개를 숙이고 있었다. 마로니에 나무 아래를 걷던 요셉은 길 위에 떨어진 열매 몇 개를 주워 재킷 주머니에 넣었다. '말밤'이라 불리는 마로니에 열매는 안에 독성을 품고 있지만, 물에 담가 놓았다가 떫은맛을 제거한 후 구워 먹으면 제법 먹을 만했다. 길섶 사이에 떨어진 말밤을 하나씩 줍다 보니 도서관에 도착했을 땐 양쪽 주머니가 불룩해져 있었다. 가을 햇살 아래 우두커니 서 있는 도서관도 오늘만큼은 그리 나빠 보이지 않았다. 요셉은 불룩해진 주머니를 어루만지며 도서관을 향해 걸어갔다.

오늘은 오랜만에 서고에 있는 그리스 역사책을 꺼내 온종일 들여다볼 생각이었다. 역사책이라곤 해도 그림과 만화로 엮어진 조잡한 책이지만, 그리스 유적에 관한 사진만큼은 다른 책에 비해 훨씬 자세하고 훌륭한 편이었다. 요셉은 세계사 중에서도 유독 고대 그리스에 대해 관심이 많았는데, 그중에서도 불에 타 사라진 폼페이와 베일에 싸인 트로이에 가장 많은 흥미를 느꼈다. 어쩌면 그건 아홉 살까지 함께 살았던 아빠의 영향 때문인지도 몰랐다.

고대 그리스 문화 연구가였던 아빠는 알 수 없는 원인으로 붕괴한 고대 그리스와 아시아를 집중적으로 연구했다. 아빠는 온갖 사진과 자료들을 서재 벽에 덕지덕지 붙여놓고 바라보곤 했는데, 덕분에 어린 요셉도 자연스럽게 고대 그리스 역사에 흥미를 느끼게 되었다.

도서관은 꽤 높은 곳에 세워져 있어 오솔길이 끝나는 곳에 만들어진 계단을 통해 올라가야 했다. 계단을 밟고 올라서면 주변과는 어울리지 않는 콘크리트 마당이 나왔다. 여기저기 갈라진 마당을 지나 유리로 된 정문을 밀고 들어가면 1층에는 언제나 굳게 닫혀 있는 서고가 보였고, 또다시 계단을 타고 2층으로 올라가야만 열람실이 나타났다.

요셉이 계단을 통해 도서관 마당으로 올라서는데, 남학생 둘이 정문을 나서는 게 보였다. 요셉도 잘 아는 금발과 머저리 녀석이었다. 특히 테오와 같은 반인 금발은 요셉과 세계사 수업을 함께 듣는 데다 학교에 책을 가지고 다녀서 눈에 띄었다. 금발은 요셉과 함께 도서관에 드나드는 몇 안 되는 아이였지만, 읽는 책들은 크게 달랐다.

"와, 드디어 마지막 책이 나왔네. 얼마나 기다렸는데!"

금발이 신난 얼굴로 소리치자, 옆에 있던 머저리가 짜증을 내며 말했다.

"이 와중에 무슨 책이냐? 축제도 별로 안 남았는데."

"이 책 정말 끝내준다니깐. 진짜 진짜 재밌어."

금발이 들고 있던 책은 이번에 새로 들어온 역사 시리즈 중의 하나였다. 요셉도 화려한 표지에 끌려 책을 펼쳐 보기는 했지만, 끝까지 읽지는 않았다. 역사적 배경도 뒤죽박죽인 데다가, 귀족 아가씨를 둘러싼 전투사들의 이야기가 다른 로맨스물과 크게 다르지 않아서였다.

"그 책이 뭐가 그렇게 재밌는데?" 머저리가 물었다.

"이 책 여자 주인공이 너무 매력적이야. 얼굴도 예쁜데다 말도 별로 없다니까. 우리 빌리지엔 어째서 이런 여학생이 없는 걸까?"

"쳇, 꿈도 야무지다. 네가 그러니까 여자 친구가 없지."

"그런가? 그래도 무서운 빌리지 여학생들이랑 사귀느니 책 읽으면서 꿈이나 꾸련다. "

도서관 앞에서 한참 동안 키득대던 둘은 요셉이 다가오는 모습을 보고 웃음을 멈췄다. 지난번 급식소에서 있었던 일 때문에 둘을 보는 게 상당히 껄끄러웠다. 하지만 웃음을 거둔 금발과 머저리는 입술을 실룩거리며 요셉을 향해 성큼성큼 다가왔다. 그런 둘의 모습을 본 요셉은 살짝 긴장했지만, 겉으론 아무렇지 않은 얼굴로 도서관을 향해 걸었다.

"안녕, 요셉." 금발이 먼저 아는 체를 했다.

"안녕, 나단." 요셉도 인사했다.

"넌 아직도 도서관에 다니나 보네. 그래서 책은 찾았어?" 금발이 빈정거리며 물었다.

"무슨 말이야, 책이라니?"

"설마 잊은 거야? 아니면 잊은 척하는 거야?"

금발이 기가 찬다는 듯한 표정으로 물었다.

"빈정대지 말고 똑바로 말해."

"정말로 잊은 모양이네. 트로이 말이야. 네가 읽었다던 트로이 역사책 찾았냐고?"

요셉은 나단의 얼굴을 빤히 쳐다보았다. 난데없이 트로이라니, 이해가 되지 않았다. 그때 머릿속으로 지난 수업에 있었던 일이 빠르게 지나갔다. 동시에 요셉의 얼굴이 빨갛게 달아올랐다.

한 달 전 일이었다. 요셉은 세계사 수업에서 그리스 신화에 대한 강의를 듣고 있었다. 온라인 강의는 그리스의 파르테논 신전과 함께 전쟁의 신인 아테네에 대해 집중적으로 다루었다. 그리스 신화에 소개된 아테네 여신의 이야기는 '파리스의 사과'로 이어졌고, '트로이의 목마'로 끝났다. 요셉에겐 새로운 거라곤 없는 강의였지만, 다음 시간에 '트로이'에 대한 역사를 자세히 다루겠다는 말에 가슴이 뛰었다.

사건은 영상 강의가 끝난 뒤 시작되었다. 수업을 정리하던 관리 선생님에게 나단이 대뜸 물었다.

"선생님, 트로이를 세운 사람이 혹시 누군지 아시나요?"

학생들의 시선이 일제히 관리 선생님에게로 향했다. 학생들에게 자료집을 나눠주고 있던 선생님도 걸음을 멈췄다. 빨갛게 변한 선생님의 얼굴에는 당황한 빛이 역력했다. 사실 관리 선생님은 수업을 진행할 뿐, 세계사를 전문적으로 공부하지 않았다는 것쯤은 모든 학생이 알고 있었다. 그런데도 학생들은 선생님이 어떤 대답이라도 해주길 원했다. 그래서 늘 잘난 척하는 나단의 콧대를 시원하게 꺾어주길 바랐다. 하지만 선생님은 얼어붙은 것처럼 아무 말도 하지 못했다. 나단도 조금 겸연쩍었는지 한층 누그러진 태도로 말을 덧붙였다.

"아니, 트로이를 세운 사람이 '트로스'인지, '티토노스'인지 갑자기 헷갈려서요."

"글쎄, 나도 기억 안 나는데. 인터넷에서 찾아보는 게 더 빠르지 않을까?"

가까스로 정신을 차린 선생님이 대답했다. 나단도 고개를 끄덕이며 수긍하는 모습이었다. 그런데 그때 요셉이 나섰다.

"트로이를 세운 사람은 '트로스'도 '티토노스'도 아닌, '다르다노스'야."

이번엔 학생들과 선생님의 시선이 모두 요셉에게로 향했다. 나단도 요셉을 바라보았다. 하지만 아까와는 다르게 기분이 많이 상한 표정이었다.

"다르다노스? 처음 듣는 이름인데. 지난번 인터넷 찾아보니까 트로이란 이름은 시조인 왕의 이름을 땄다고 하던데, 다르다노스란 이름은 트로이랑 전혀 상관이 없잖아. 안 그래?"

"트로스나 티토노스가 트로이의 왕인 건 맞지만, 트로이를 세운 건 제우스의 아들인 다르다노스가 분명해."

요셉의 차분한 설명에 학생들이 수군대기 시작했다. 학생 대부분은 요셉을 비웃었지만, 엄지손가락을 들어 보이는 학생도 더러 있었다.

"그럼, 인터넷 정보가 틀렸다는 말이야? 넌 그런 사실을 어떻게 알았는데?" 나단도 물러서지 않았다.

"책에서 읽었어."

"책? 그러니깐 네 말은 책은 정확하고 인터넷은 정확하지 않다는 뜻이야?"

"인터넷에 올라온 정보들은 정확하지 않아. 대부분 남의 글을 베낀 것들이니까. 하지만 책은 달라. 책을 만들 땐 검증과 고증을 거치기 때문이야."

"그래? 그렇다면 네가 봤다는 책을 가져와 봐. 나도 내가 읽은 인터넷 자료를 찾아올 테니까. 서로 비교해 보면 뭐가 사실인지 밝혀지겠지."

그렇게 둘의 대화는 끝났고, 선생님도 수업을 마쳤다. 학생들은 뭔가 더 있으리라 내심 기대하는 눈치였지만, 한 주 뒤로 닥쳐온 기말시험 때문에 다들 까마득히 잊고 말았다. 요셉도 처음 며칠은 집안과 도서관을 이 잡듯이 뒤졌지만, 낙제를 당하지 않기 위해서는 수학에 매달려야만 했다. 결국 기말시험을 치르는 동안 요셉은 트로이에 대해 까맣게 잊고 말았다. 하지만 나단은 혼자 잊지 않고 단단히 벼르고 있었던 모양이었다.

"너도 참 대단하다. 나 같으면 절대 못 잊을 것 같은데." 옆에 있던 머저리 녀석이 나섰다.

"이곳 도서관엔 내가 읽었던 책이 없어. 하지만 곧 찾을 거야." 요셉이 나단을 향해 말했다.

"여기에 없다면서 어디서 찾겠다는 건데? 어디, 파빌

리온에라도 가보려고?"

나단의 말에 머저리 녀석이 큰소리로 웃어댔다. 요셉은 아무 말도 하지 못했다. 책을 찾겠다고 큰소리쳤지만, 스스로 생각해도 말이 안 되는 소리였다. 결국 나단과 머저리는 땅만 쳐다보는 요셉을 실컷 비웃은 뒤에야 도서관을 떠났다. 하지만 둘의 모습이 완전히 사라지고 난 뒤에도 웃음소리는 요셉의 주위를 계속 맴돌았다.

요셉은 재킷 주머니에 손을 넣다가 마로니에 열매에 손을 찔리고 말았다. 화가 난 요셉은 주머니 속에 있던 열매를 꺼내 모두 길가에 던져버렸다. 그리고 씩씩거리며 도서관을 향해 걸어갔다.

제시카는 여전히 게임 중이었다. 요셉이 문을 열고 들어가자 쓱 한번 쳐다보기는 했지만, 곧 컴퓨터 화면으로 고개를 돌렸다. 요셉은 책장으로 가지 않고, 제시카 옆에 설치된 키오스크를 통해 책 한 권을 신청했다. 컴퓨터를 보고 있던 제시카가 얼굴을 찌푸리며 요셉에게 말했다.

"요셉, 설마 이 책을 또 빌리려고? 열두 번도 더 보지 않았어?"

"네, 알아요. 잠깐 확인할 게 있어서요."

"그럼, 이 앞에서 잠깐 기다려. 책 가져올 테니까."

제시카가 짜증스러운 얼굴로 자리에서 일어섰다. 하지만 제시카는 1층 서고가 아닌 책상 뒤에 있는 사무실에서 책을 가져왔다. 아마도 요셉이 책을 또 신청할 거라 예상해 서고가 아닌 사무실에 놓아두었던 모양이었다. 제시카는 바코드도 찍지 않고 요셉에게 책을 내밀었다. 사실 요셉이 아니면 아무도 거들떠보지 않을 책인 데다가, 설사 분실된다고 해도 누구도 신경 쓰지 않을 터였다.

요셉은 제시카에게 고맙다고 인사하며 책을 받았다. 그리고 책상에 가져와 책을 살펴보기 시작했다. 책 안에는 지난번 요셉이 붙여놓은 책갈피들이 그대로 남아있었다. 요셉은 곧바로 책을 넘겨 트로이에 관한 설명을 읽기 시작했다. 혹시나 하는 마음으로 책의 토씨 하나 빠뜨리지 않고 살펴봤지만, 트로이의 기원에 대해서는 단 한 줄도 적혀 있지 않았다. 실망한 요셉은 책을 덮어버렸다. 찾지 못할 거라고 예상했는데도 이상하리만큼 짜증이 밀려왔다. 요셉은 그림이나 실컷 보겠다는 계획을 바꿔 책을 제시카에게 도로 가져갔다.

"책을 벌써 다 본 거야?"

"네. 찾는 게 없어서요."

제시카가 미심쩍은 눈초리로 요셉을 바라보았다. 요셉은 제시카에게 꾸벅 인사한 뒤 도서관을 나왔다. 그처럼 일찍 도서관을 나온 건 참으로 오랜만이었다. 마치 학교를 조퇴하고 집에 돌아가는 것 같아 기분이 이상했다.

계단을 내려와 건물 밖으로 나오니 바깥은 여전히 밝고 햇빛은 찬란하기만 했다. 요셉은 도서관 앞 계단에 털썩 주저앉았다. 갈 곳이 없었다. 집으로 갈까도 생각했지만, 아무도 없는 집에 가긴 싫었다. 그렇다고 도서관으로 되돌아갈 수도 없었다. 제시카가 눈살을 잔뜩 찌푸리며 자신을 바라보는 것도 싫었고, 그림뿐인 책을 뒤적거리기도 싫었다.

요셉은 메고 있던 가방을 머리에 베고 바닥에 누웠다. 햇빛에 달궈진 시멘트 바닥이 따뜻하게 느껴졌다. 누워서 보니 여기저기 떨어져 있는 마로니에 열매가 더욱 잘 보였다. 하지만 줍고 싶은 마음은 전혀 들지 않았다. 오늘따라 파란 하늘도 마음에 들지 않았다. 가을 햇살이 눈을 찔러왔지만 절대로 눈을 감고 싶지 않았다. 하지만 갑자기 차오른 눈물 때문에 고개를 옆으로 돌려야만 했다. 요셉은 눈을 감은 채 소리 없이 흐느꼈다. 뜨거운 눈물이 시멘트 바닥 위로 커다란 원을 만들어 냈다.

요셉은 정말로 억울했다. 트로이를 세운 인물은 '트로스'도 '티토노스'도 아닌, '다르다노스'가 분명했다. 요셉이 어릴 적 즐겨 읽었던 그리스. 로마 신화 책에 분명히 그렇게 적혀 있었다. 할아버지 책이긴 했지만, 글보다 사진이나 그림이 많아서 요셉이 좋아했던 책이었다.

할아버지는 요셉에게 책에 나온 신화를 그대로 읽어주거나 비슷한 이야기를 자주 들려주셨다. '다르다노스라는 이름을 정확히 기억하는 것도 그런 할아버지 덕분이었다. 할아버지는 인터넷에 자꾸 잘못된 정보가 떠돌아다닌다며 요셉에게 '다르다노스'란 이름을 분명히 기억하도록 했다. 하지만 요셉이 눈물을 흘리는 건 자기 말을 믿어주지 않는 친구들 때문이 아니었고, 요셉의 말을 증명해 줄 할아버지 책이 사라졌기 때문도 아니었다. 요셉의 말을 믿어주고 함께 이야기를 나눌 할아버지가 더 이상 계시지 않아서였다.

바닥에 누워 눈물을 흘리던 요셉은 가방 안쪽에 있는 주머니에서 사진 하나를 꺼냈다. 오래된 사진 속엔 일곱 살 요셉이 할아버지 무릎에 앉아 환하게 웃고 있었다.

요셉은 태어난 이후로 외할아버지와 함께 살았다. 지금 가족과 살고 있는 집도 실은 할아버지 소유였다. 외할머니는 엄마가 스무 살이 되기도 전에 돌아가셨는데, 외동딸이었던 엄마는 그 이후로 할아버지 곁을 한 번도 떠난 적이 없다고 했다. 할아버지의 제자였던 아빠 역시 할아버지와 함께 사는 걸 당연하게 여겼다. 할아버지는 요셉이 가장 사랑하는 사람이었고, 책의 소중함을 가르쳐 준 사람이기도 했다.

외할아버지는 역사 선생님이었다. 빌리지가 생기기 전부터 역사를 가르쳐 왔던 할아버지는 역사에 관해 모르는 게 하나도 없었다. 훤칠한 키에 조금 마르신 편이었던 할아버지는 풍성한 은발을 머리카락 한 올 남기지 않고 깔끔하게 귀 뒤로 빗어 넘기셨다. 넥타이는 거의 매지 않으셨는데, 밝은 겨자색의 코듀로이 정장을 위아래로 입고 다니시거나 면바지 위에 체크무늬 재킷을 입으셨다.

그렇게 할아버지는 빌리지에서 알아주는 멋쟁이셨다. 또한, 학교에 출근하거나 외출하실 때 즐겨 쓰시던 맥고모자는 넥타이 대신 두른 머플러와 무척 잘 어울렸다. 집에 계실 때는 검은색의 뿔테 안경을 쓰셨고, 손에서는 언제나 가죽 냄새가 풍겼다. 그건 할아버지가 들고 다니셨던 가방과 똑같은 냄새였다.

할아버지는 늘 뭔가를 읽고 계셨다. 그 뭔가는 대부분 책이었지만, 신문이나 잡지일 때도 있었다. 요셉은 그런 할아버지가 늘 신기했다. 하루는 어린 요셉이 벽돌보다 더 두꺼운 책을 읽고 있는 할아버지에게 물었다.

"할아버지, 할아버지는 왜 매일 책을 읽어요?"

"책을 왜 읽냐고? 재미있기 때문이지. 네가 그림책이 재밌어서 읽는 거랑 똑같단다."

"그 책이 재미있다고요? 그림은 하나도 없고 글씨만 잔뜩 있는 데도요?"

"그럼. 책을 읽다 보면 스스로 그림을 만들어 내는 재주가 생기지. 그래서 그림이 없어도 재밌게 책을 읽을 수 있는 거란다."

할아버지가 요셉을 무릎에 앉히시며 말씀하셨다. 그리

곤 여전히 이해할 수 없다는 표정으로 바라보는 요셉에게 책이란 얼마나 멋진 물건인지, 독서가 얼마나 유익하고 즐거운 행동인지 하나하나 짚어가며 설명해 주셨다.

할아버지는 책을 통해 공룡이 살던 시대로 갈 수 있고, 버스가 하늘을 나는 미래로도 갈 수 있다고 말씀하셨다. 또, 지구 반대편에서 일어나는 일도 알 수 있고, 눈으로는 볼 수 없는 많은 세계를 탐험할 수도 있다고도 하셨다. 그렇게 말씀하시던 할아버지는 멋진 책을 발견할 때마다 행복에 겨워 어쩔 줄 모르셨고, 그때의 눈빛은 새로운 세계를 찾아낸 탐험가와 비슷해 보였다. 요셉은 그런 할아버지 곁에서 책의 소중함과 독서의 즐거움을 자연스럽게 터득할 수 있었다.

요셉은 할아버지를 따라 고대 그리스 역사에 관한 책도 많이 읽었다. 요셉은 틈날 때마다 트로이에 관한 이야기를 해달라고 졸라댔는데, 할아버지는 한 번도 귀찮아하지 않고 트로이 전쟁과 목마에 관한 이야기를 자세히 들려주셨다. 또한, 역사학자들을 위한 세미나에 갔다가 트로이의 목마와 똑같이 생긴 기념품을 사다 주기도 하셨다. 그 작은 목마는 요셉의 책상 위에 변함없이 놓여

있다.

할아버지는 요셉이 열 살이 되던 해에 돌아가셨다. 잠든 사이에 심장마비로 돌아가신 할아버지의 모습은 조용하고 평안해 보였다. 가족들은 그런 할아버지의 죽음을 쉽게 받아들였다. 하지만 요셉은 아니었다. 바로 몇 시간 전만 해도 함께 책을 읽었던 할아버지가 돌아가셨다는 사실을 받아들일 수 없었다. 그만큼 충격적이고 감당할 수 없는 슬픔이었다. 엄마와 이혼한 아빠와 헤어질 때도 울지 않았던 요셉은 할아버지가 돌아가시자 한 달 넘게 울며 방에서 나오지 않았다. 요셉에게 할아버지의 죽음은 자신을 감싸고 있던 안전한 울타리가 한꺼번에 무너져 내린 느낌이었다. 하지만 가족들은 요셉이 슬픔에 빠진 사이 간단히 장례식을 치른 후 할아버지의 책들과 유품들을 파빌리온의 도서관에 기증해 버렸다. 그렇게 할아버지와 책들은 요셉에게서 멀어졌다.

이제 할아버지의 흔적은 거의 남아있지 않았다. 할아버지가 쓰시던 방은 엄마 차지가 되었고, 할아버지가 책 읽으셨던 소파는 엄마가 드라마를 보는 의자가 되었다. 이제 할아버지의 유일한 흔적은 침대 옆에 있는 액자와 요셉이 주머니에 넣고 다니는 사진이 전부였다.

사진을 재킷 주머니 안에 도로 넣은 요셉은 자리에서 일어나 앉았다. 자신을 비웃던 나단의 얼굴이 떠올라 화가 치밀었다. 나단의 코를 납작하게 해주기 위해선 정확한 근거가 필요했다. 하지만 인터넷을 아무리 검색을 해봐도 남의 글을 베낀 조악한 글들뿐, 요셉의 말을 증명할 수 있는 어떤 문서도 남아있지 않았다.

남은 방법은 할아버지와 함께 읽었던 책을 찾는 일뿐이었다. 그러나 제목도 저자도 기억나지 않는 책을 찾는 것 역시 불가능하기는 마찬가지였다.

요셉은 고개를 돌려 숲을 바라보았다. 마침 숲에서 시원한 바람이 불어왔지만, 요셉의 답답한 마음을 식혀주진 못했다. 그때 어딘가에서 '윙윙' 거리는 소리가 들리기 시작하더니, 하늘 위로 드론 모양의 정찰기 두 대가 나타났다. 파빌리온은 일주일에 몇 번씩 드론을 띄워 빌리지를 살폈다. 고도를 낮춘 정찰기들은 빌리지의 이곳저곳을 비춰보더니 아무 일 없다는 듯이 파빌리온으로 사라져 버렸다. 잠시 시끄럽던 하늘도 다시 조용해졌다.

요셉은 자리에서 일어나 도서관 앞에 있는 커다란 숲

을 유심히 살펴보았다. 바람에 흔들리는 나무들이 어서 오라며 요셉에게 손짓하는 것 같았다. 요셉은 바닥에 놓았던 가방을 털어 어깨에 둘러멨다. 그리고 자신을 부르는 숲을 향해 천천히 걸어갔다. 숲에서 불어온 바람이 요셉의 작은 등을 떠밀었다.

침입자

　도서관에서 동쪽으로 십 분 정도 걸으면, 참나무로 이루어진 커다란 숲이 나왔다. 빌리지를 만들 때 심어졌다는 참나무들은 어느새 자라 충실한 울타리 역할을 해내고 있었다. 언뜻 보면 빌리지는 그 숲을 경계로 끝난 것처럼 보였다. 하지만 숲으로 난 길은 또 다른 곳으로 이어졌는데, 바로 파빌리온으로 이어지는 샛길이었다.

　사실 파빌리온은 요셉이 사는 빌리지와 거의 붙어 있다시피 할 정도로 가까웠다. 숲을 통과하면 십 분도 걸리지 않는 파빌리온을 사람들은 광장 동쪽에 있는 대로로 항상 돌아가곤 했다. 그래서인지 사람들 대부분은 빌리지에 그런 샛길이 있다는 사실조차 모르고 있었다. 하지만 요셉은 2층 창문으로 매일 내려다봐서 그런지 샛길이 전혀 낯설지 않았다.

숲 앞에 도착한 요셉은 주위를 살펴보았다. 누군가가 자신을 보고 있는 건 아닌지 걱정되었다. 혹시라도 요셉이 빌리지를 벗어났다는 사실이 알려지면 엄마가 한바탕 난리를 칠 게 분명했다. 때마침 거센 돌풍이 일기 시작하더니 하늘에 흙먼지가 자욱해졌다. 요셉은 그 틈을 이용해 아무도 모르게 숲속으로 걸어 들어갔다.

처음 본 숲 안은 생각보다 크고 아름다웠다. 쭉쭉 뻗은 참나무 아래에는 이름 모르는 들꽃과 풀들이 수북했고, 나무 위에는 청록색의 새들이 아름답게 노래하고 있었다. 요셉은 마법에 걸린 것처럼 샛길을 따라 걸어 들어갔다. 숲속으로 들어갈수록 울창한 숲이 햇빛을 가려 점점 어두워졌다. 다행히 나무 사이로 비치는 빛줄기가 주위를 밝혀 주었다.

요셉은 숨을 죽인 채 조심스럽게 앞으로 나아갔다. 사

막에 가까운 빌리지에 이렇게 촉촉하고 서늘한 곳이 있다는 게 신기하기만 했다. 숲 안은 광장 주변과는 달리 기온은 낮고 습도는 훨씬 높아 마치 시원한 바닷가를 걷는 기분이었다.

요셉은 숨을 크게 들이켜 나무가 뱉어내는 서늘한 공기를 폐 속에 가득 채웠다. 덕분에 가슴 한가운데 있던 몸속 열기가 밖으로 빠져나왔다. 요셉은 가벼운 마음으로 숲속을 거닐었다. 트로이나 나단 따위는 이미 잊은 지 오래였다.

숲에는 꽃과 나무 말고도 다양한 생물이 살고 있었다. 나무 위에는 화려한 빛깔의 벌레들이 기어다녔고, 그 아래에는 빌리지에선 좀처럼 볼 수 없는 나비와 벌들이 꽃 주위를 날아다녔다. 숲 사이로 풍겨 오는 향기마저 신선하고 아름다웠는데, 장미꽃보단 가볍고 후레지아보다는 우아했다. 요셉은 향기가 나는 곳을 찾기 위해 주위를 두리번거렸다. 그러다 나무 밑에 있던 하얗고 작은 들꽃들을 발견했다. 혹시나 하는 마음으로 코를 가까이 대보니 좀 전에 느꼈던 향기가 더욱 진하게 풍겨왔다. 요셉은 처음 맡아본 향기에 깜짝 놀라고 말았다. 이렇게 작고 가녀

린 꽃들이 이처럼 진하고 아름다운 향기를 만들어 낸다
는 사실이 너무나 놀라웠다. 요셉은 꽃을 한 아름 꺾으려
다 그만두었다. 꽃을 꺾어버리고 나면 아름다운 향이 바
로 사라질 것 같았다.

신기한 눈으로 샛길을 따라 걷던 요셉은 나뭇가지 위
를 돌아다니는 작은 다람쥐 한 마리를 발견했다. 동물도
감이나 그림에서만 봤던 다람쥐를 실제로 보는 건 그때
가 처음이었다. 요셉은 작은 다람쥐를 쫓아 뛰기 시작했
다. 재빠른 다람쥐를 따라잡느라 샛길을 벗어났다. 나뭇
가지와 돌부리에 걸려 몇 번이나 넘어질 뻔했지만, 다람
쥐를 가까이서 보고 싶은 마음에 자꾸만 숲으로 들어갔
다. 하지만 다람쥐는 누군가 자신을 따라오는 걸 알아챘
는지 커다란 나무 위로 올라가 버렸다.

요셉은 아쉬운 마음에 다람쥐가 사라진 나무를 한참
이나 올려보았다. 그러다 나무 뒤편에 있는 작은 웅덩이
하나를 발견했다. 요셉은 웅덩이를 향해 걸어갔다. 나무
들이 성처럼 둘러싸고 있는 웅덩이는 빗물이 고여 만들
어진 것 같았다. 가까이 다가가 보니 생각보다 물이 제
법 깊었다. 요셉은 소매를 걷고 웅덩이에 손을 넣어 보았

다. 물이 얼음처럼 차갑고 깨끗했다. 안을 들여다보니 돌멩이 사이로 작은 물고기들이 왔다 갔다 하는 게 보였다. 그 귀여운 모습을 보고 있자니 기분이 편안해졌다. 요셉은 웅덩이 곁에 앉아 물고기들과 장난을 치며 놀았다. 잠시 후 웅덩이를 떠나 다시 걷기 시작했다. 다행히 어렵지 않게 샛길을 찾을 수 있었다.

샛길을 계속 걷다 보니 하늘을 가렸던 숲이 사라지면서 눈앞에 오래된 돌다리가 나타났다. 다리 밑에는 작은 냇물이 흐르고 있었는데, 숲과 다르게 거의 말라 있었다. 돌다리 앞에 이른 요셉은 건너편 쪽을 바라보았다. 다리 끝에 초록 잔디와 빨간 벽돌로 이루어진 작은 오솔길이 보였다. 그리고 길 끝에는 파빌리온의 빌딩들이 화려함과 웅장함을 뽐내며 서 있었다. 하지만 수많은 빌딩 사이에서 가장 눈에 띄는 건 다름 아닌 작은 도서관이었다. 위에서 내려다보면 빌리지 도서관과 파빌리온 도서관은 숲을 사이에 두고 서로 마주하고 있는 셈이었다.

사실 파빌리온 도서관은 빌리지 도서관과 크게 다르지 않았다. 소문에 의하면 파빌리온에는 수십 개의 도서관이 있는데, 앞에 있는 도서관은 변두리에 있어서인지 파빌리온의 도서관 중에서도 제일 작고 낡은 편에 속한다고 했다. 하지만 요셉의 눈에는 두 도서관의 모습이 확연히 달라 보였다. 빌리지의 도서관이 허름하다 못해 버려진 것 같은 분위기를 낸다면, 파빌리온의 도서관은 낡았어도 왠지 따뜻하고 정겨운 분위기를 풍겼다. 비록 화려하고 높은 파빌리온의 빌딩들과 어울리진 않았지만, 그곳은 언제라도 요셉을 반겨줄 것 같은 특별한 무언가가 있었다. 어쩌면 그 무언가는 책에 대한 파빌리온 사람들의 태도인지도 몰랐다. 여전히 책을 사랑하고 귀하게 여기는 파빌리온 사람들의 생각과 마음이 도서관을 특별하게 보이게 하는 것 같았다.

이제 돌다리만 건너면 바로 파빌리온이었다. 하지만 요셉은 좀처럼 발걸음을 떼기 힘들었다. 과연 이 다리를 건너도 괜찮을까, 혹시나 큰일이 생기는 건 아닐까 하는 두려움이 앞섰다. 그냥 집으로 갈까 돌아서는데 불현듯 나단의 얼굴이 떠올랐다. 수업 시간에 자신을 비웃던 아이들의 모습도 보였다. 그러자 어떻게 해서라도 파빌리온 도서관에 가서 외할아버지의 책을 찾아야 한다는 생각이 들었다. 요셉은 주먹을 불끈 쥐었다. 그리고 숨을 크게 내뱉은 뒤 오른발을 조심스럽게 내디뎠다. 잠시 서서 기다렸지만 아무 일도 일어나지 않았다. 안심한 요셉은 왼발도 다리 위에 올려놓았다.

그런데 갑자기 엄청난 굉음과 바람을 일으키며 하늘에 뭔가가 나타났다. 놀란 요셉은 그대로 주저앉아 두 팔로 머리를 감싸 안았다. 그 뭔가는 요셉의 몸을 빨아들이기라도 할 것처럼 태양보다 더 강한 빛을 쏘아댔다. 요셉은 간신히 두 팔 사이로 자신을 공격하는 거대한 물체의 정체를 확인했다. 그건 다름 아닌 파빌리온의 정찰기였다.

멀리서만 봤던 정찰기를 그렇게 가까이서 보기는 처음이었다. 정찰기는 원통 모양에 긴 프로펠러가 달려있어 마치 날개가 달린 커다란 거미처럼 보였다. 겉이 온통 까만색인 데다 강렬한 빛을 쏘아대는 바람에 정찰기 안이나 조종사의 얼굴은 전혀 볼 수 없었다. 오로지 파빌리온을 상징하는 화려한 금색 나비 무늬만 눈에 띌 뿐이었다. 요셉은 프로펠러가 일으키는 세찬 바람과 소음 때문에 정신을 차릴 수 없었다. 마치 저승을 지키는 '케르베로스' 같았다. 그 사나운 파수꾼은 침입자를 절대 용서하지 않겠다는 듯 맹렬히 불빛을 쏘아댔다.

겁에 질린 요셉은 슬슬 뒷걸음치기 시작했다. 정찰기가 금방이라도 자신을 집어삼킬 것 같았다. 하지만 정신없는 와중에도 침착해야 한다는 생각이 들었다. 잠시 곁눈질로 주위를 둘러본 요셉은 재빨리 숲을 향해 뛰기 시작했다. 정찰기도 곧바로 요셉을 추격해 왔다. 요셉은 샛길을 벗어나 숲으로 뛰어들었다. 다리는 나뭇가지에 긁히고 손등은 가시에 찔렸다. 하지만 정신없이 뛰느라 팔에서 피가 나는 줄도 몰랐다. 정찰기는 속도를 줄이지 않고 나무 사이를 오가며 쉬지 않고 요셉을 뒤쫓았다. 요셉도 죽을힘을 다해 뛰었다. 하지만 정찰기를 대적하기엔 역부족이었다. 숨이 점점 가빠지면서 다리에 힘이 풀리기 시작했다. 온몸에 힘이 빠져나가 금방이라도 쓰러질 것 같았다.

바로 그때, 요셉은 돌부리에 걸려 넘어지고 말았다. 순간 하늘로 '붕' 하고 떠오른 요셉은 곧바로 물속에 처박혔다. 조금 전 물고기와 장난치고 놀았던 바로 그 물웅덩이였다. 웅덩이에 처박힌 요셉의 몸은 온통 진흙투성이였다. 그나마 물 덕분에 크게 상처를 입진 않았다. 다행히 정찰기는 주변의 빽빽한 나뭇가지 때문에 추격을 포기한 모양이었다. 한동안 웅덩이 주위를 맴돌던 정찰기는 결국 고도를 높이더니 파빌리온으로 사라져 버렸다. 요셉은 진흙탕에 앉아 사라지는 정찰기의 모습을 가만히 지켜보았다.

웅덩이를 빠져나온 요셉의 몰골은 처참하기 그지없었다. 팔과 다리에는 피가 흘렀고, 바지는 여기저기 찢겨 있었다. 요셉은 온몸에 묻은 진흙들을 손으로 대충 털어냈다. 웅덩이 물로 씻어볼까도 했지만 추워서 엄두가 나지 않았다. 웅덩이 근처에 떨어진 가방은 다행히 멀쩡해 보였다.

요셉은 가방을 어깨에 메고 다시 숲속을 걷기 시작했다. 넘어질 때 발목을 다쳤는지 걷기가 힘들었다. 좀 전까지만 해도 시원했던 바람이 이제는 온몸을 할퀴어 대는 것처럼 느껴졌다. 요셉은 절뚝이면서도 쉬지 않고 걸었다. 샛길 근처에서 주운 나뭇가지를 지팡이 삼아 걸으니 그나마 걸을 만했다. 그렇게 샛길을 따라 한참을 걸은 후에야 요셉은 간신히 숲을 빠져나왔다. 다행히 따스한 오후 햇살이 물에 젖은 몸을 금방 덥혀주었다.

요셉은 조금 느긋해진 마음으로 집을 향해 걸었다. 도

서관까지는 아무도 없어 괜찮았지만, 학교부터가 문제였다. 학교 앞에 이른 요셉은 나뭇가지를 버리고 아무렇지 않은 척 집으로 향했다. 지나가던 몇몇 아이들이 요셉의 홀딱 젖은 모습을 보고 놀라기는 했지만, 크게 신경 쓰지 않는 눈치였다. 다행히 어른들 눈에 띄지 않고 집에 도착했다.

요셉은 소리가 나지 않게 현관문을 살짝 열었다. 그때까지 아무도 돌아오지 않았는지 거실이 텅 비어 있었다. 안심한 요셉은 천천히 2층으로 올라갔다. 방에 들어가 더러워진 청재킷을 벗어던지고 책상 의자에 앉았다. 의자에 앉아 한숨을 돌리려는데 방문이 열리면서 드보라가 고개를 삐쭉 내밀었다. 요셉은 속으로 놀랐지만 아무렇지 않은 척하며 드보라에게 말했다.

"아무도 없는 줄 알았는데, 네가 있었구나."

하지만 영리한 드보라를 속이기는 쉽지 않았다.

"오빠, 왜 그래? 어디 다쳤어?"

드보라가 놀란 목소리로 물었다.

"쉿, 조용해. 도서관에 갔다가 넘어졌어."

"넘어져서 이렇게 됐다고? 옷까지 흠뻑 젖었는걸."

"나무에 걸려 넘어졌는데, 근처에 웅덩이가 있더라고." 요셉이 억지로 웃으며 말했다.

"오빠, 거짓말하지 마. 온몸은 진흙투성이인 데다 팔에서 피까지 나잖아."

"드보라, 괜찮으니까 걱정하지 마. 나 얼른 씻을 테니까 엄마한테는 말하지 마. 알았지?"

요셉은 얼른 갈아입을 옷을 챙겨 욕실로 들어갔다. 진흙이 잔뜩 묻은 옷들을 모두 벗어버리고 더러워진 몸을 닦기 시작했다. 따뜻한 물이 닿자, 몸 여기저기가 쓰라려 왔다. 옷을 입고 있을 땐 몰랐는데, 벗고 보니 다친 곳이 한두 군데가 아니었다. 찢어진 팔은 물론이고, 양쪽 무릎도 파랗게 멍이 들어 있었다. 요셉은 아픔을 참아가며 간신히 샤워를 끝냈다. 방에 돌아와 옷을 갈아입고 밴드까지 붙이고 나니 그제야 살 것 같았다. 그래도 몸 여기저기가 아프고 쓰라리기는 마찬가지였다. 요셉은 조심스럽게 침대 안으로 들어갔다. 몸이 따뜻해지자, 마음도 조금씩 편안해졌다. 팔의 피도 멈췄고, 욱신대던 통증도 조금씩 무뎌져 갔다.

요셉은 침대에 가만히 누워 숲에서 일어난 일들을 돌

이켜 보았다. 도서관 앞에서 나단을 만났던 일, 책을 읽다가 도서관을 뛰쳐나온 일, 그리고 숲에 갔다가 정찰기에 쫓긴 일들이 머릿속을 스쳐 지나갔다.

우선 나단의 말에 화가 나 무작정 파빌리온에 간 건 멍청한 짓이었다는 생각이 들었다. 하지만 순전히 나단 때문만은 아니었다. 파빌리온에 가는 건 요셉의 오랜 꿈이었다. 파빌리온 사람들은 대체 어떤 일을 하고, 어떻게 살아가는지 직접 눈으로 확인하고 싶었다. 그중에서도 가장 궁금했던 건 파빌리온의 도서관이었다. 그곳엔 외할아버지와 함께 읽었던 책은 물론이고, 오래된 책들이 고스란히 남아있을 거라고 확신했다. 요셉은 어떻게든 파빌리온 도서관에 가서 할아버지의 책을 찾고 싶었다. 그래서 자신을 깔보는 아이들과 나단에게 자신이 옳다는 걸 증명하고 싶었다. 물론 도서관에 어떻게 들어가고 어떻게 책을 빌릴지 대책은 없지만, 도서관에 가기만 하면 무슨 방법이 생길 거라 여겼다.

문제는 정찰기였다. 갑자기 정찰기가 왜 나타난 건지 아무리 생각해도 알 수 없었다. 더욱이 요셉을 끝까지 추격했던 정찰기의 모습은 너무나 무섭고 충격적이었다.

숲을 찾는 사람은 거의 없었지만, 법으로 금지된 건 아니었다. 파빌리온에 자유롭게 오가는 사람도 많았고, 숲 앞에는 출입을 금한다는 작은 표지 하나 없었다. 하지만 정찰기는 분명 자신을 쫓아내려 했다. 왜 그랬을까. 설마 요셉이 어려 보여서 그랬을까. 혹시나 그랬다면 가벼운 경고만 줬을 뿐, 맹렬히 추격하진 않았을 거란 생각이 들었다. 요셉은 이리저리 생각해 봤지만, 확실한 이유를 찾을 수 없었다. 어쩌면 파빌리온에 자유롭게 오갈 수 있다 해놓고, 실제론 외부 출입을 철저히 막고 있는지도 몰랐다. 요셉이 생각에 빠져 있는데, 밖에서 노크하는 소리가 들렸다.

"드보라, 왜?" 요셉이 대답하자, 드보라가 문을 열고 고개를 빼꼼히 내밀었다.

"오빠, 괜찮아? 많이 다친 건 아니야?"

"응, 괜찮아. 팔에 피도 멈췄고, 밴드도 붙였어. 걱정하지 않아도 돼."

"그럼, 다행이고. 대체 무슨 일이 있었던 거야? 설마 싸운 건 아니지?"

"싸우긴, 내가 누구랑 싸우겠어?" 요셉이 웃었다.

"하긴, 책 아니면 누가 오빠랑 싸우겠어." 드보라도 웃었다.

"걱정해 줘서 고마워. 엄마한테 비밀이다, 알지?"

"알았어. 그런데 오빠 바지는 버려야겠던데. 엄마가 보면 난리 날걸."

"그렇게 할게. 고마워, 드보라."

드보라가 문을 닫았다. 들킨 사람이 드보라여서 다행이란 생각이 들었다. 엄마는 이 시간까지 들어오지 않는 걸 보면 앞집 아줌마와 카드놀이를 하는 게 분명했다. 엄마는 급식소에서 식단을 짜고 재료만 준비하기 때문에 오후 3시면 모든 업무가 끝났다. 빌리지에 특별한 행사가 있거나 디저트가 한꺼번에 들어오는 날엔 간혹 늦기도 했지만, 대부분은 일찍 집에 들어왔다. 그런 엄마가 지금껏 오지 않는다는 건 아줌마들이랑 모여 차를 마시거나 카드 게임을 하고 있다는 의미였다.

요셉은 찢어진 바지를 아래층으로 들고 내려가 비닐봉지에 싸서 쓰레기통에 넣었다. 그리고 방으로 다시 올라가 침대에 누웠다. 이번엔 진짜 잘 생각이었다. 온몸이 쑤시고 나른했다. 눈을 감은 요셉은 그대로 잠이 들어버렸다. 하지만 꿈속에서 정찰기가 다시 쫓아왔다. 머리가 수십 개 달린 정찰기는 불을 뿜으며 요셉에게 달려들었다. 미친 듯이 달리다가 넘어진 순간 요셉은 잠에서 깨어났다. 누군가가 요셉의 몸을 흔들어 대고 있었다. 요셉은 간신히 눈을 떴다.

"요셉, 괜찮니? 자면서 웬 소리를 그렇게 질러?"

엄마였다.

"엄마. 자다가 꿈꿨나 봐요."

"얘도 참. 어서 일어나. 저녁 먹으러 가게."

"네. 곧 갈 테니까 먼저 내려가세요."

요셉의 말에 엄마가 문을 닫고 나갔다. 얼굴과 목뒤로 땀이 흥건했다. 요셉은 대충 땀을 닦아내고 옷을 입은 뒤 아래층으로 내려갔다. 자신을 기다리고 있는 가족들의 얼굴을 보니 갑자기 걱정이 밀려왔다. 혹시나 파빌리온에서 자기를 체포하러 오는 건 아닐까, 벌써 급식소에서 자기를 기다리고 있는 건 아닐까, 별의별 생각이 다 들었다. 다행히 급식소는 평소와 같았고 아무 일도 일어나지 않았다. 하지만 요셉은 가족들과 저녁을 먹으면서도 걱정을 내려놓을 수 없었다. 간신히 식사를 끝낸 요셉은 가족과 함께 집에 돌아왔다. 엄마가 요셉에게 너무 적게 먹는다며 잔소리를 늘어놓았지만, 잠자리에 들 때까지 걱정할 만한 일은 전혀 일어나지 않았다. 요셉은 다시 침대에 누웠다. 다행히 이번에는 아무런 꿈도 꾸지 않았다. 밖에는 파빌리온의 드론들만이 소리 없이 택배를 나르고 있었다. 개도 짖지 않는 달빛마저 고요한 밤이었다.

주말이 정신없이 지나갔다. 밤늦게까지 잠을 이루지 못했던 요셉은 등교 시간이 다 되어서야 눈을 떴다. 간신히 몸을 일으킨 요셉은 몸 여기저기를 살펴보았다. 주말 내내 쑤시고 아팠던 상처들은 다행히 많이 아문 상태였다. 하지만 창밖을 보니 자신을 뒤쫓던 정찰기 모습이 또다시 떠올랐다. 주말 동안 자신이 누군지 알아냈다면 오늘 아침 학교나 집으로 찾아올 수도 있었다.

요셉은 한숨을 쉬며 옷을 갈아입고 아래층으로 내려갔다. 시리얼을 먹는 동안 드보라가 말을 걸었지만 하나도 들리지 않았다. 대충 준비를 끝낸 요셉은 학교에 가기 위해 집을 나섰다. 테오를 만나 학교로 향하는 동안에도 머릿속엔 온통 정찰기 생각뿐이었다. 학교에서도 정신없기는 마찬가지였다. 복도에서 낯선 사람이라도 만나면 자기를 잡으러 온 게 아닌지 가슴이 두근거렸다.

그렇게 오전 시간을 보낸 요셉은 점심을 먹으러 급식 소로 향했다. 식욕이라곤 전혀 느껴지지 않았지만, 반드 시 확인해야만 했다. 요셉은 파빌리온 사람들이 분명히 자신을 체포하러 올 거라고 여겼다. 그곳이 학교가 아니 라면 급식소일 가능성이 제일 컸다. 급식소가 가까워지 자 과연 사람들이 웅성거리는 게 보였다. 요셉은 드디어 올 게 왔다고 생각했다. 심장이 빠르게 뛰기 시작했다. 그대로 도망칠까 하는 생각도 들었지만, 요셉은 주먹을 꽉 쥔 채 급식소로 성큼성큼 걸어갔다.

사람들이 몰려 있는 곳은 급식소 문 앞이었다. 문 앞에 는 종이로 된 공고문이 붙어 있었는데, 파빌리온 사람들 이 붙이고 간 것 같았다. 요셉은 사람들 틈을 비집고 들 어가 공고문을 읽어보았다. 하지만 어려운 단어가 많아 무슨 말인지 통 이해하기 어려웠다. 공고문을 세 번째 읽 고 있는데, 옆에 있던 할머니가 앞에 서 있는 아저씨에게 물었다.

"젊은 양반, 저기에 뭐라고 쓰여 있수? 눈이 통 안 보여서 글씨를 읽을 수가 있어야지."

"네, 할머니. 별 건 아니고요. 요즘 숲 근처에 밀렵꾼이 돌아다니나 봐요. 그 밀렵꾼들이 숲에 사는 동물들이나 식물들을 불법으로 채취해 가는 바람에 경계령이 내려졌데요. 정찰기가 자주 단속하러 다닐 테니까 걱정하지 말라고 하네요."

"응, 별거 아니구만. 그 옆에는 뭐라고 써 있수?"

"아, 네. 가을 축제에 관한 안내서예요. 공연 순서랑 시간인데, 읽어드릴까요?"

"아니, 됐수. 그거야 이미 알고 있지. 고마워요, 젊은 양반."

할머니는 만족한 표정으로 사람들 사이를 빠져나갔다. 남은 사람들은 며칠 전 수상한 사람을 봤다는 둥, 밀렵꾼들이 사슴을 몇 마리나 잡아갔다는 둥 이야기를 계속 이어갔다.

요셉도 사람들 틈에서 빠져나왔다. 생각할수록 어이가 없었다. 결국 정찰기는 자신을 밀렵꾼으로 오해해 끝까지 추격했던 모양이었다. 총은커녕 손에 아무것도 없는 어린 자신을 밀렵꾼으로 생각했다는 사실이 우습기까지

했다.

요셉은 휘파람을 불며 4층으로 올라갔다. 조리실 안에서 재료들을 점검하고 있는 엄마가 보였다. 요셉은 엄마 앞으로 가 손을 흔들어 보였다. 요셉을 발견한 엄마도 환하게 웃어 보였다. 점심 메뉴는 요셉이 좋아하는 비프스튜와 옥수수빵이었다. 평소보다 많은 양의 음식을 가져온 요셉은 조리실 앞에 앉아 먹기 시작했다. 엄마가 뿌듯한 얼굴로 그런 요셉의 모습을 지켜보고 있었다. 요셉은 옥수수빵을 입게 가득 넣으며 오후엔 도서관에서 지난번 보지 못한 그림책이나 실컷 봐야겠다고 생각했다. 오늘따라 비프스튜 맛이 기가 막히게 좋았다.

가을 페스티벌

시월 마지막 주에 접어들면서 빌리지는 온통 축제 분위기로 술렁였다. 사흘 후면 가을 페스티벌 주간이었다. 페스티벌은 시시때때로 열렸지만, 가을 페스티벌은 그중에서도 가장 성대했다. 예전에는 '추수감사절'이라고 불렀는데 빌리지가 생기면서 가을 페스티벌로 이름을 바꿨다고 했다. 날짜도 11월 넷째 목요일이 아닌, 10월 마지막 주 금요일로 변경했노라고 학교에서 배웠다.

예전 추수감사절과 달라진 점은 더 이상 가정에서 음

식을 마련하지 않고, 빌리지 사람 모두가 함께 먹고 즐긴다는 점이었다. 그 때문에 시월이 되면 빌리지 사람들은 하나같이 바빠졌다. 급식소에서 일하는 사람들은 사흘간의 페스티벌 메뉴를 짜느라 같이 고민했고, 나머지 사람들도 복지관에서 열리는 축제와 쇼를 준비하기 위해 바쁜 시간을 보냈다.

빌리지의 학생들도 바쁘기는 마찬가지였다. 학생들 일부는 페스티벌 동안 상영할 영상들을 편집하느라 밤을 새웠고, 댄스공연에 참여하는 학생들은 갖가지 의상을 준비하면서 막바지 연습에 들어갔다. 그중에서도 빌리지 여학생들의 절반 이상이 소속되어 있는 '빌리 댄스걸'은 페스티벌에 내보낼 팀을 선정하고 안무를 준비하느라 최고로 바쁜 시간을 보냈다. 누나는 그런 '빌리 댄스걸'의 리더였고, 마지막 하이라이트 공연에 출연하기로 되어 있었다.

학교를 나선 요셉은 막바지 축제 준비에 들어간 빌리지의 모습을 바라보았다. 광장에는 나무 사이로 꼬마전구가 드리웠고, 허수아비와 펌킨 장식들이 군데군데 세워졌다. 복지관과 급식소 앞에는 금요일에 열리게 될 축제에 대한 자세한 내용과 순서가 적혀 있었다. 광장 주위로 공연을 알리는 입간판들이 어지럽게 놓여있어 길을 지나다니기가 어려울 정도였다.

상점가 골목 앞에선 올해 수확된 사과로 만들어진 애플 사이다와 포도주를 맛볼 수 있는 시음회가 한창 진행 중이었다. 특히 SE17-12의 애플 사이다는 파빌리온 전체에서도 유명했다. 축제가 가까워지면 애플 사이다를 사려는 이웃 빌리지 사람들의 발걸음이 계속해서 이어졌다. 빌리지의 그런 모습을 본 요셉의 마음은 한없이 느긋해졌다.

요셉은 광장 앞을 지나 곧바로 도서관으로 향했다. 오늘은 도서관에 가야 할 특별한 이유가 있었다. 다 익은 마로니에 열매가 여기저기 떨어져 있었지만, 전혀 눈에 들어오지 않았다. 도서관에 들어서자, 제시카가 요셉을 힐끗 쳐다보았다. 요셉 역시 눈인사만 대충 하고 창문 옆 커다란 책상 위에 가방을 내려놓았다. 그리고 맨 끝에 있는 책장에서 빌리지의 역사와 지리 정보가 담긴 커다란 책 하나를 들고 왔다.

정찰기로부터 추격당한 뒤로 요셉은 파빌리온에 갈 방

법을 제대로 궁리하기 시작했다. 지난번엔 아무 준비 없이 간 데다 정찰기 때문에 실패했지만, 이번엔 계획을 철저히 세운 뒤 실행에 옮길 생각이었다. 그 첫 번째 계획은 숲 근처의 지형을 잘 파악해 지름길을 찾는 일이었다. 사실 제일 빠른 건 돌다리를 건너 오솔길로 가는 방법이지만, 사람들 눈에 너무 잘 띈다는 단점이 있었다. 요셉은 최대한 눈에 띄지 않게 파빌리온으로 건너가 도서관에 잠입할 생각이었다. 다행히 도서관에는 정부에서 제작한 빌리지 요람이 있어서 계획을 세우는 데에 많은 도움이 되었다.

요셉은 미리 표시해 놓았던 페이지를 바로 폈다. 그곳엔 빌리지의 지형을 상세히 그린 지도가 그려져 있었다. 도서관 주위에는 지난번 봤던 숲속 샛길과 파빌리온으로 가는 돌다리가 표시되어 있었다.

특히 요셉은 돌다리 주위를 유심히 살펴봤다. 혹시나 다른 길이 있을까 찾아봤지만, 파빌리온으로 가는 다른 방법은 없어 보였다. 그런데 돌다리 밑으로 흐르는 강물을 따라 내려가다 보니 갑자기 폭이 넓어지는 곳이 나왔다. 근처에는 작은 원으로 표시된 징검다리도 보였다.

유속이 느려지는 곳인 만큼 사람이 건널 수 있는 징검다리가 있는 게 분명했다. 요셉은 얼른 가방에서 종이를 꺼내 지도를 그린 뒤 징검다리가 있는 곳을 표시해 두었다. 숲에서 돌다리를 찾은 뒤 강을 따라 걷다 징검다리를 건너면 눈에 띄지 않게 강을 건널 수 있을 것 같았다. 그 뒤에는 언덕을 기어 올라가 파빌리온 도서관 뒤편으로 걸어갈 생각이었다.

계획을 확실히 세운 요셉은 요람을 책장에 도로 갖다 놓은 뒤 도서관을 나왔다. 제시카는 보랏빛으로 새로 염색한 머리를 거울을 보며 다듬고 있었다.

요셉은 도서관을 나와 집으로 향했다. 골똘히 생각하며 걷다 보니 어느새 집 앞이었다. 요셉은 생각에 잠긴 채 무심코 현관문을 열었다. 거실은 그야말로 난장판이었다. 여기저기에 흩어져 있는 상자들과 옷들이 며칠 후면 페스티벌이란 사실을 요셉에게 일깨워 주었다. 엄마와 누나는 새로 산 옷들을 이리저리 대보고 있다가 요셉이 문을 열자 일제히 바라보았다. 요셉은 인사만 꾸벅하고 2층에 올라가려 했다. 하지만 그렇게 조용히 보낼 엄마가 아니었다.

"요셉, 집에 곧바로 오지 않고 어딜 다녀온 거니?"

"테오랑 축구 시합이 있어서요." 요셉이 일부러 힘없이 대답했다.

"그랬어? 그런데 얼굴이 너무 창백하구나. 괜찮은 거니?" 축구라는 말에 엄마의 목소리가 밝아졌다.

"오랜만에 뛰어서 그런가 봐요."

"그럼, 어서 올라가 쉬렴. 너 오면 페스티벌에 입고 갈 옷 사러 함께 가려고 했는데……."

"죄송해요, 엄마. 다음에 같이 갈게요."

"요셉, 저기……."

순간 누나가 엄마의 말을 가로챘다.

"엄마, 내 치마나 좀 봐줘. 너무 심플한 건 아닐까?"

"어? 그 정도면 괜찮은데, 뭘." 엄마의 시선이 다시 누나에게로 돌아갔다.

"치마를 살짝 올려볼까?"

"지금도 너무 짧아. 그나저나 청소년 지원비를 다 써버린 거니? 다음 달은 어떻게 하려고……."

"다른 애들도 마찬가지야. 옆집 루시는 엄마한테 빌려서 다음 달 지원비까지 다 썼대. 글쎄, 치마에다 구두까지 세트로 샀더라니깐. 너무 부러워……."

요셉은 누나의 코맹맹이 소리를 피해 재빨리 2층으로 올라갔다. 엄마의 눈길이 문 앞까지 따라왔지만, 일부러 모르는 척했다. 두 모녀에게 잡혔다간 페스티벌에 뭘 먹고 뭘 할 건지 같은 질문들이 밤새도록 퍼부어질 게 뻔했다.

방으로 들어온 요셉은 책상에 앉아 도서관에서 그린 지도를 다시 살펴보았다. 그만하면 파빌리온에 갈 준비는 대강 끝난 것 같았다. 요셉은 지도 뒷장에 필요한 준비물을 꼼꼼히 적어놓은 뒤 언제 실행에 옮길지 고민하기 시작했다. 아무래도 사람들의 경계심이 흐려질 수밖에 없는 축제 당일이 제일 좋을 것 같았다. 요셉은 축제일을 D-day로 정하고 지도를 접어 책상 서랍에 넣었다. 왠지 이번엔 꼭 성공할 것 같은 느낌이 들었다. 가슴 한쪽이 간질간질하고 심장이 빠르게 뛰었다. 요셉은 마음을 진정시키기 위해 의자에서 일어나 창가로 갔다. 창문 밖에는 파빌리온의 도서관이 달빛 아래 환하게 빛나고 있었다.

화요일은 오전수업이 일찍 끝나서 다른 때보다 일찍 점심을 먹으러 갔다. 급식소 앞은 여느 날처럼 이른 점심을 먹으러 온 사람들로 북적였다. 점심을 빨리 먹으면 아이들과 마주치지 않고 느긋하게 식사할 수 있어 좋았다. 요셉은 4층 구석에 앉아 마늘빵과 스파게티를 먹기 시작했다. 샐러드도 있었지만, 채소를 좋아하지 않아 손도 대지 않았다. 스파게티를 좋아하지 않아서인지 맛이 별로였다. 요셉은 대충 식사를 끝내고 급식소 밖으로 나왔다. 구름 한 점 없는 가을 하늘이 그냥 보기 아까울 정도였다. 바람에 흔들리는 플라타너스까지도 한 장의 그림처럼 보였다.

요셉은 급식소 옆에 놓인 식수대에서 물을 마시며 벽에 있는 게시판을 살펴보았다. 급식소와 복지관의 게시판에는 빌리지의 이런저런 소식이나 정부의 지침 내용들이 적혀 있었다.

그때 한 무리의 사람들이 대로를 통해 복지관으로 걸어가는 게 보였다. 보아하니 파빌리온에서 파견된 의사들과 관리들인 것 같았다. 파빌리온은 주기적으로 사람들을 보내 빌리지를 관리하고 감독하게 했다. 한 달에 두 번씩 방문하는 의사들은 만성질환을 앓는 노인들을 살펴거나 필요한 약을 전달했다. 중증 환자가 있으면 더 자주 방문했고, 증세가 심해지면 가족과 상의해 파빌리온의 큰 병원으로 데려가기도 했다.

파빌리온 무리에는 의사와 약사 말고도 행정업무를 맡은 관리인이나 과학자들도 포함되어 있었다. 그들은 빌리지의 각종 시설물을 점검하거나 기계를 살폈고, 필요한 경우 교환하거나 설치하기도 했다. 또, 과학자들은 빌리지의 주변 환경과 식수를 관리, 감독했다. 빌리지는 그런 사람들 덕분에 아무 문제 없이 돌아갔다.

물을 다 마신 요셉은 오랜만에 '그레이우드'로 산책에 나섰다. 오후 수업이 남아있긴 했지만, 한 시간 가까이 여유가 있었다. 아직 시간이 이른 탓인지 산책로가 한가한 편이었다.

그레이우드는 길이가 1킬로미터쯤 되는 산책로인데 길 가운데에 놓인 회색 돌 때문에 붙여진 이름이었다. 두 사람이 간신히 지나갈 수 있는 좁은 길이었지만, 길이가 적당하고 풍경이 아름다워 빌리지 사람들 모두가 좋아했다. 게다가 길 끝에는 작은 연못이 있어 사람들은 식사때 남은 빵을 가져다가 물고기들에게 던져주기도 했다. 인기척이 들리면 물 밖으로 나와 입을 뻐끔거리는 잉어들을 보는 것도 산책의 큰 재밋거리였다.

요셉은 뒷주머니에 손을 찔러넣은 채 마로니에 나무 아래를 한가하게 거닐었다. 숲속 어딘가에서 다 익은 마로니에 열매들이 툭툭 떨어지는 소리가 들려왔다. 밟을 때마다 바스락거리는 나뭇잎 소리와 어우러져 가을의 깊이를 느끼게 했다.

산책로를 반쯤 지났을 때쯤, 요셉은 풀숲 근처에서 날개를 퍼덕이는 잠자리 한 마리를 발견했다. 날개 하나가 뒤로 살짝 꺾여서인지 위로 날아오르지 못하고 있었다. 안타까운 마음이 들었지만, 그저 지나칠 수밖에 없었다. 하지만 요셉은 몇 발짝 가지 못하고 잠자리를 발견한 곳으로 되돌아왔다. 내버려 두었다간 사람들 발에 짓밟힐 게 분명했다. 요셉은 조심스럽게 잠자리를 들어 풀숲 안쪽에 옮겨 놓았다. 지금 당장은 날지 못해도 상처를 회복하면 곧 날아오를 수 있을 거라 믿었다.

잠자리를 내려놓고 일어서는데 어디선가 부스럭거리는 소리가 들렸다. 소리가 나는 쪽을 보니 웬 남자가 나무 근처에 구부리고 앉아 뭔가에 열중하고 있었다. 호기심이 생긴 요셉은 조용히 남자를 향해 걸어갔다. 멀리서 보니 남자는 나무 주위의 흙을 작은 플라스틱 병에 퍼 담는 중이었다.

남자의 뒷모습을 자세히 본 요셉은 깜짝 놀라고 말았다. 갈색 머리와 구부정한 자세로 흙을 퍼 담는 모습이 아빠와 너무도 비슷했기 때문이었다. 요셉은 떨리는 마음으로 남자에게 천천히 다가섰다. 인기척을 느낀 남자가 흘깃 뒤를 돌아보았다. 다행히 아빠는 아니었다. 연락도 없이 빌리지에 찾아올 아빠도 아니었지만, 그걸 가만히 보고 있을 엄마도 아니었다.

요셉은 아빠가 몇 번이나 자신을 보러 빌리지에 오려 했지만, 엄마가 별의별 핑계를 대가며 아빠를 못 오게 했다는 사실을 잘 알고 있었다. 요셉은 아빠와 생일이나 크리스마스에 간신히 영상통화만 했을 뿐, 몇 년간 만나지 못하고 있었다. 아빠는 외할아버지보다 먼 사람이었지만, 가끔은 그리울 때도 있었다.

"안녕?" 아빠를 닮은 남자가 인사했다.

"안녕하세요? 산책하다가 소리가 들려서 와봤어요."

"그랬구나. 난 이 근처의 토양을 연구 중이란다."

"토양이라면 땅을 말씀하시는 건가요? 왜요?"

"음, 나는 생태학자인데 마로니에 나무에 관심이 많거든. 그런데 이 근처에 마로니에 나무가 유난히 잘 자라는 것 같아 토양을 가져가 분석해 보려고."

"아, 마로니에 나무가 어떤 환경에서 잘 자라는지 연구하시는 거군요."

"맞아. 이해가 빠르네."

"저희 아빠도 비슷한 연구를 하셨거든요. 식물은 아니지만요."

"그래? 아빠는 어떤 연구를 하셨는데?" 남자가 관심 있는 얼굴로 물었다.

"어릴 때라 잘 기억나지 않지만, 아빠는 땅을 통해 역사를 연구하셨어요."

"아빠가 고고학을 연구하시는 모양이구나."

"맞아요. 아빠는 고대 그리스와 아시아 국가들이 갑자기 멸망한 이유를 찾기 위해 근처 땅을 연구하는 거라고 하셨어요. 어떻게 하는지는 잘 모르지만요."

"음. 멋진데. 나도 토양을 연구하지만 그런 걸 알아낼 수 있다는 건 처음 알았어. 그런데 넌 이름이 뭐니?"

"아, 저는 요셉이라고 해요."

"나는 필립이라고 해. 만나서 반갑다."

남자가 손을 내밀어 악수를 청했다. 요셉은 어른과 악수하기는 처음이라 얼굴이 붉어졌다.

"저도 반가워요. 그런데, 아저씨 뭐 좀 여쭤봐도 돼요?"

"물론이지. 그렇지 않아도 좀 쉬려던 참이었거든."

아저씨가 자세를 고쳐 앉으며 옆에 있는 생수를 들이켰다. 요셉에게도 권했지만, 괜찮다며 필립 아저씨 앞에 자리를 잡았다.

"아저씨는 어떻게 생태학자가 되셨어요? 어릴 적부터 나무에 관심이 있으셨나요?"

"음, 사실 나는 땅에 관심이 많았어. 어려서부터 흙을 가지고 노는 걸 좋아했거든. 물을 뿌려 진흙을 만들어 놀기도 하고, 벽돌처럼 만들어 성을 쌓기도 했지. 그렇게 흙을 가지고 놀다 보니까, 어떤 흙이 장난치기에 좋고, 벽돌을 만들기에 좋은지 자연스럽게 알겠더라고. 그래서 흙과 제일 가까운 생태학을 공부했는데, 이런 연구를 하게 됐네." 아저씨가 웃으며 말했다.

"와, 멋지네요. 그런데 아저씨는 꿈을 어떻게 찾아내셨어요? 사실 저는 제 꿈이 뭔지 아직 모르겠거든요." 요셉이 머리를 긁적이며 물었다.

"음. 그냥 마음 가는 대로 따라가 봐. 뭘 좋아하는지 네머리는 몰라도, 네 마음은 알고 있거든. 그러니까 너를 즐겁게 하고 가슴 뛰게 하는 일을 찾으면, 너의 꿈도 찾게 될 거야."

"가슴 뛰게 하는 일이요?"

"음. 나도 가슴이 시키는 일을 하다 보니, 어느새 생태학자가 되어 있더라고. 물론 처음에 생각했던 일과 조금 다르긴 하지만, 지금도 즐겁게 일하고 있어."

"그렇군요." 요셉이 머리를 끄덕이며 대답했다.

"내 생각에 중요한 건 네가 관심 있는 대상을 찾는 거야. 그게 바로 꿈과 연결되어 있거든. 물론 꿈을 좇다 보면 때론 엉뚱한 방향으로 가기도 하지만, 결국엔 근처에닿게 되더라고."

"정말요? 꿈을 좇다가 이상한 곳으로 갈 수도 있나요?"

"그럴 수도 있지. 나처럼 말이야. 처음엔 나도 토목학을 공부하고 싶었거든. 그러다 우연히 생태학 수업을 듣게 되었는데, 정말 재미있더라고. 그러다 학자가 된 거고."

"그럼 꿈을 이룬 게 아니잖아요. 그렇지 않나요?"

"물론 다른 길을 가긴 했지만, 나는 꿈을 이뤘다고 생각해. 내가 좋아하는 일을 찾았으니까."

아저씨의 말을 들은 요셉이 고개를 끄덕였다. 꿈을 좇다 새로운 일을 찾을 수도 있다는 아저씨 얘기가 무척 흥미로웠다. 내가 알지 못했던 나의 꿈을 발견하면 어떤 기분일지 궁금하기까지 했다. 필립 아저씨가 다시 말했다.

"난 내 일이 삶이 준 선물이라고 생각해. 우연히 발견한 행운이랄까. 하지만 꿈을 좇지 않았다면 절대로 만날 수 없었던 행운이지. 그러니 너도 가슴이 시키는 곳으로 가봐. 거기 가면 네가 정말로 이루고 싶은 꿈을 찾게 될 테니까."

"그럴까요? 우선 가슴 뛰는 일을 찾아야 할 것 같아요."

"그래, 행운을 빌게. 난 이제 슬슬 가봐야 할 것 같다.

나중에 또 보자, 요셉."

"네, 오늘 정말 감사했습니다. 필립 아저씨."

아저씨가 주변에 있던 장비를 챙기기 시작했다. 요셉도 수업을 듣기 위해 학교로 향했다. 오후에는 수학 보강 수업이 있었다. 지난번 수학 시험에 낙제하다시피 하는 바람에 강제로 듣게 된 수업이었다.

오늘 수업은 함수에 관한 내용이었다. 평소에도 어려웠지만, 오늘따라 자꾸 쓸데없는 생각들이 떠올라 수업에 집중하기가 힘들었다. 요셉은 수학 시간 내내 인생이라는 함수에 꿈을 넣으면 어떤 결과가 나올까 생각했다. 수학 강사는 함수를 알아내면 결과를 예측할 수 있다고 설명했지만, 인생이란 함수는 결과를 좀처럼 예측하기 힘들다는 생각이 들었다. 요셉은 수업 시간 내내 필립 아저씨가 했던 말들을 곱씹으며 꿈이라는 변수와 인생이라는 함수를 구하려 애썼다. 하지만 쉽지 않은 문제였다. 변수도 너무 많은 데다, 결과도 확실하지 않았다. 결국 요셉은 아무것도 구하지 못한 채 과제만 잔뜩 받고 수업을 끝냈다. 어쩌면 삶이라는 함수는 영원히 정답을 구할 수 없는 것인지도 몰랐다. 그래도 언젠간 자신의 답을 찾아내겠다고 생각했다. 아니, 반드시 찾아내야만 했다.

    요셉은 오후 수업을 끝내고 집으로 돌아왔다. 거리를 장식한 펌킨과 허수아비들이 발걸음을 가볍게 했다. 대문 안으로 들어서는데 안에서 시끄러운 소리가 들려왔다. 요셉은 불안함을 느끼며 조심스레 현관문을 열었다. 거실 안을 들여다본 요셉은 깜짝 놀랐다. 수십 명의 여학생이 음악에 맞춰 춤을 추고 있었기 때문이었다. 누나와 똑같은 옷을 입고 있는 걸 보니 하나같이 '빌리 댄스걸'의 멤버들인 것 같았다. 며칠 뒤에 있을 축제 공연을 위해 누나가 멤버들 전부를 집으로 끌고 온 게 분명했다. 여학생들은 땀을 뻘뻘 흘리며 누나의 힘찬 기합 소리에 부지런히 몸을 놀리고 있었다.

    요셉은 여기저기 흩어져 있는 옷들과 가방들을 피해 간신히 거실로 들어섰다. 스피커로 울려 퍼지는 시끄러운 음악 때문에 고막이 터져나갈 지경이었다. 요셉은 귀를 손으로 막은 채 부엌으로 들어섰다.

    엄마는 창고로 연결된 문과 부엌 사이를 왔다 갔다 하고 있었다. 가까이 다가가 보니, 엄마는 부엌에 산더미처럼 쌓인 디저트들의 종류와 수량을 확인하면서 창고에 차곡차곡 정리하는 중이었다. 요셉은 식탁과 부엌 바닥 전체를 차지한 음식들을 훑어보았다. 애플 타르트와 펌킨 파이, 치즈케이크와 같은 디저트들은 전부 가을 축제에 사용될 것들이었다. 가을 축제 때 먹는 음식들은 빌리지에서 직접 만들기도 했지만, 디저트와 음료, 햄구이 같은 음식 일부는 파빌리온에서 보내주기도 했다. 파빌리온에서 전달받은 음식들을 확인하고 축제 때까지 보관하는 일도 엄마의 중요한 업무 중의 하나였다. 창고에서 돌아온 엄마는 부엌에 서 있는 요셉을 보곤 깜짝 놀라 물었다.

"요셉, 언제 왔니?"

"방금요. 누나는 왜 집에서 춤 연습을 하는 거예요? 시끄러워 죽겠어요."

요셉이 볼멘소리로 물었다.

"복지관이 무대를 설치하는 중이라 연습할 곳이 없다나 봐. 네가 좀 이해해 주렴."

엄마는 나머지 디저트들을 모두 창고에 갖다 놓은 뒤 창고 문을 단단히 잠갔다. 혹시라도 냄새를 맡은 고양이나 개들이 창고로 들어가면 축제를 망칠 수도 있었다. 부엌으로 돌아온 엄마는 식탁 의자에 앉더니 요셉을 가만히 바라보았다. 요셉은 직감적으로 뭔가 좋지 않은 일이 일어났다는 걸 알아챘다. 그렇지 않다면 엄마는 카드놀이를 위해 바로 옆집으로 달려갔을 터였다. 한숨을 돌린 엄마는 말없이 식탁에서 일어나더니 요셉의 손을 잡고 2층으로 향했다. 요셉은 불안했지만, 조용히 엄마를 따라갈 수밖에 없었다.

요셉의 방에 들어간 엄마는 침대 끝에 앉았다. 방문을 닫은 요셉도 책상 의자를 끌어다 엄마 앞에 앉았다. 음악 때문에 방이 쿵쿵 울려댔지만, 다행히 소리는 많이 줄어들었다. 엄마는 잠시 고개를 숙인 채 말없이 앉아 있었다. 최대한 차분하게 말을 꺼내려고 노력하는 엄마의 모습이 애처로워 보였다. 이윽고 고개를 든 엄마가 요셉에게 물었다.

"요셉, 혹시 파빌리온 사람들하고 얘기했니?"

요셉의 심장이 쿵쾅대기 시작했다.

"네? 어떻게 아셨어요?"

"테오 엄마가 그레이우드에서 산책하다가 네가 낯

선 사람이랑 얘기하고 있는 널 봤다고 하더라. 그 말이 사실이니?"

"네. 하지만 별일 아니었어요. 아저씨가 하는 일이 신기해 보여서 제가 몇 가지 여쭤봤을 뿐이에요. 그것도 안 되나요?"

요셉의 말에 엄마가 인상을 찌푸렸다.

"안 되냐니? 엄마가 파빌리온 사람하고 얘기하지 말라고 몇 번이나 말했어?"

"아빠 때문에 엄마가 파빌리온 사람들을 싫어하는 건 알지만, 저까지 그럴 필요는 없잖아요."

"뭐, 뭐라고? 너 그걸 말이라고 하는 거야?"

엄마의 목소리가 갑자기 높아졌다. 그제야 요셉은 엄마가 단단히 화가 났다는 걸 깨달았지만, 되돌리기엔 너무 늦었다는 생각이 들었다. 이왕 이렇게 된 거, 요셉은 엄마에게 모든 걸 털어놓기로 했다.

"엄마, 전 파빌리온이 궁금해요. 그 사람들이 어떤 일을 하고, 어떻게 살아가는지 알고 싶다고요. 파빌리온 사람들이 저희와 다른 것뿐이지, 나쁜 건 아니잖아요."

"엄마는 그 사람들이 나쁘다고 생각해. 다들 일 중독자들인 데다가 자기가 좋아하는 일에만 매달려 가족도 돌보지 않으니까.”

엄마의 목소리에서 분노가 느껴졌다.

“아빠가 그랬다고 다른 사람들도 다 그런 건 아니잖아요.”

“다른 사람들도 마찬가지야. 자신의 목표를 위해서라면 가족은 물론 친구, 이웃도 짓밟는 게 바로 그 사람들이라고.”

엄마의 말에 요셉은 말문이 막혀버렸다. 엄마가 파빌리온 사람들을 싫어하는 건 알았지만, 그 정도까지인 줄은 몰랐다. 갑자기 아빠가 떠올랐다. 요셉에게 자상하기만 했던 아빠가 도대체 무슨 짓을 저질렀길래 엄마가 저렇게까지 말할까 싶었다. 엄마가 다시 말했다.

“네가 어려서 아직 뭘 몰라서 그래. 우리가 빌리지로 떠나온 건 파빌리온 사람들의 그런 모습 때문이었어. 그들은 우리에게 늘 경쟁심을 부추기고 서로를 밟고 올라서도록 했어. 그래야 최고가 되고 최고의 삶을 누릴 수 있다고 소리쳤어.”

요셉은 몹시 혼란스러웠다. 아빠나 필립 아저씨 같은

사람들이 자신의 성공을 위해 다른 사람을 짓밟고 올라
선다는 게 상상이 되지 않았다. 그렇다고 엄마가 하는 말
을 믿지 않을 수도 없었다. 엄마는 오랫동안 비슷한 말을
해 온 데다가 그런 얘기를 하는 건 엄마뿐만이 아니었다.
빌리지에서 나고 자란 아이들은 누구나 비슷한 이야기
를 들어왔다.

"엄마는 네가 평범하게 살았으면 좋겠어. 책은 그만 읽
고 친구들이랑 축구도 하고 게임도 하면서 말이야."

"엄마, 전 애들이랑 노는 것보다 책 보는 게 훨씬 좋아
요. 책 읽는 게 나쁜건 아니잖아요."

"네가 책을 읽는 게 문제가 아니라, 책'만' 읽는다는 게
문제지."

엄마는 '만'에 힘을 주어 말했다. 요셉이 아무 대꾸도
하지 않자, 엄마도 작정한 듯 새로운 말을 꺼냈다.

"며칠 전에 관리 선생님이랑 통화했는데, 네가 유난히
역사에 관심이 많다고 하더구나. 책도 역사에 관한 것만
읽고."

"제가요?"

처음 듣는 얘기였다. 역사책을 좋아하긴 했지만, 특별

히 역사에 관심이 있다고는 생각하지 않았다. 그저 외할 아버지와의 추억 때문이라고만 생각했는데, 관리 선생님의 말씀을 듣고 보니 그런 것도 같았다.

"제가 역사를 좋아한다는 건 저도 처음 알았어요. 그럼, 엄마는 제가 책을 읽는 게 싫은 게 아니고, 아빠가 좋아하는 역사를 공부하는 게 싫은 거예요?"

요셉이 묻자, 엄마가 한숨을 쉬며 말했다.

"글쎄, 솔직히 아빠를 닮아가는 너의 모습이 걱정되는 건 사실이야."

"대체 아빠가 어땠는데요?"

"너도 알잖니. 집에서도 온종일 책만 보다가 연구실에 가면 일주일 넘게 집에 오지 않았다는걸. 엄마는 네가 아빠처럼 되는 게 정말 싫어."

"그래서 저보고 어떻게 하라는 말씀이세요?"

"너도 노력을 좀 해봐. 다른 사람처럼 웃고 떠들고, 좋아하는 거 하면서 살라고. 엄마는 정말 네가 행복했으면 좋겠어." 엄마가 애원하듯 말했다.

"엄마도 제가 노력했다는 건 아시잖아요. 엄마가 원하는 대로 해보려고 테오랑 같이 축구클럽에도 가입해 보고, 친구들이랑 게임도 해봤어요. 하지만 아이들은 저를 비웃기만 했어요. 골격도 약하고 운동감각이라곤 없는 저를 다들 싫어했다고요."

"그러니까, 왜? 어째서 평범하지 않은 거니? 왜 친구들이랑 지내지도 않고 도서관에 틀어박혀 책만 읽느냔 말이야?" 엄마가 더 이상 참을 수 없다는 듯이 퍼부어댔다.

"그게 저인 걸 어떡하라고요! 엄마, 제발 제가 원하는 걸 할 수 있도록 내버려 두세요."

"도대체 네가 원하는 게 뭔데? 그게 뭐냐고?"

마침내 엄마가 소리쳤다. 하지만 요셉은 그런 엄마에게 아무 말도 할 수 없었다. 도서관에서 뭘 원하고, 뭘 찾고 있는지 요셉 자신도 모르기 때문이었다.

"아직은 저도 몰라요. 저도 찾는 중이에요."

요셉이 힘없이 말하자, 엄마의 표정이 조금 누그러졌다. 둘은 잠시 말없이 앉아 있었다. 엄마는 몇 번이나 얘기를 꺼내려다 결국엔 그만뒀다. 그런 엄마의 모습이 십 년은 더 늙어 보였다. 요셉도 엄마에게 무슨 말이라도 하고 싶었지만, 입이 떨어지지 않았다. 그렇게 둘 사이에 드리운 장벽은 계속 높아져만 갔다. 마침내 엄마가 침대에서 일어섰다. 문으로 걸어가는 엄마의 어깨가 한없이 작아 보였다. 방을 나가던 엄마는 잠시 멈춰서서 요셉에게 말했다.

"조금 있다가 밥 먹으러 갈 테니 준비하고 내려와. 오늘 일은 나중에 다시 얘기하자."

가라앉은 엄마의 목소리를 들으니, 가슴이 더욱 아팠다. 무슨 말이라도 해서 엄마의 화를 풀어드리고 싶었다. 하지만 엄마와 마주 앉아 식사할 용기는 생기지 않았다.

"엄마, 저는 좀 쉬고 싶어요. 저녁은 제가 알아서 먹을 테니까 신경 쓰지 마세요."

엄마는 더 이상 화낼 힘도 없는지 고개를 끄덕인 후 방을 나갔다. 문밖은 여전히 시끄러웠다. 쿵쿵대는 음악 소리에 누나의 기합이 더해져 공연장을 방불케 했다. 요셉은 의자에서 일어나 엄마가 앉았던 자리에 걸터앉았다. 그때까지 참았던 눈물이 뺨을 타고 흘러내렸다. 결국 요셉은 힘없이 침대에 쓰러져 눕고 말았다

자신을 이해해 주지 않는 엄마가 밉고 야속했다. 물론 요셉도 엄마의 마음을 모르는 건 아니었다. 하지만 자신

의 타고난 성향을 바꿀 순 없는 노릇이었다. 설령 바꿀 수 있다고 해도 절대로 바꾸고 싶지 않았다. 평생 재미와 즐거움만을 좇으며, 그저 편안하게만 살고 싶은 생각은 추호도 없었다.

요셉에게 행복이란, 힘들어도 좋아하는 일을 하며 살아가는 것이었다. 또, 사람들에겐 저마다 주어진 일이 반드시 있다고 믿었다. 하지만 엄마와 생각이 다르다는 건 요셉에게 크나큰 불행이었다. 엄마의 생각을 바꾸는 일도 자기 생각을 바꾸는 것처럼 불가능해 보였다. 요셉은 눈물을 흘리다 그대로 잠이 들어버렸다. 쉬지 않고 쿵쾅대던 음악 소리도 조금씩 잦아들었다.

초인

눈을 떴을 땐 창밖은 어느새 어둑어둑해져 있었다. 요셉은 눈을 뜬 채 침대에 그대로 누워 있었다. 손톱만큼 남았던 태양이 지평선 너머로 완전히 사라지자, 세상은 순식간에 어둠 속에 잠겼다. 고요한 달빛만이 요셉의 방문을 비춰주었다.

요셉은 침대에서 천천히 일어났다. 방문을 열고 나가보니 집안엔 아무도 보이지 않았다. 다들 저녁을 먹으러 급식소에 간 모양이었다. 옷과 가방으로 어지럽혀 있던 거실도 말끔히 치워져 있었다. 시계를 보니 벌써 일곱 시가 지나 있었다.

요셉은 부엌으로 내려가 냉장고 안을 살펴보았다. 배가 고프진 않았지만, 왠지 뭔가를 먹어야 할 것 같았다. 다행히 냉장고 안에는 애플파이 몇 개가 남아 있었다. 그 중에 두 개를 꺼내 우유와 함께 먹기 시작했다. 안에 든 사과잼은 적당하게 달고 겉은 바삭한 게 유난히 맛이 좋았다. 특히 사과에서 풍겨 나오는 계피 향이 빵의 깊은 맛을 더해주었다. 요셉은 순식간에 파이 두 개를 모두 먹어 치웠다. 평소 같으면 한 개도 먹기 힘들었을 파이를 두 개나 먹었다는 게 신기했다.

배가 불러 기분이 좋아진 요셉은 다시 2층으로 올라갔다. 하지만 할 일이 전혀 없었다. 책상에 앉아 괜히 서랍들을 열어보는데, 며칠 전에 만들어 놓은 지도가 눈에 들어왔다. 요셉은 서랍에서 지도를 꺼내 살펴보기 시작했다. 파빌리온 도서관으로 가는 길을 손으로 짚어 보고 더 필요한 물건은 없는지 따져보았다. 그러다 문득 물건들을 미리 챙겨놔야겠다는 생각이 들었다. 아무도 없는 지금이 준비를 끝낼 수 있는 완벽한 시간이었다.

요셉은 방을 나와 복도 끝에 있는 창고로 향했다. 2층에는 누나와 드보라가 함께 쓰는 방과 요셉이 쓰는 방 말고도 작은방이 하나 더 있었다. 원래는 할아버지의 서재였는데, 지금은 창고로 개조해 쓰고 있었다.

창고에 들어가 불을 켠 뒤 벽에 붙은 선반들을 살펴보기 시작했다. 먼지 쌓인 선반에는 오래된 사진들과 쓰지 않는 물건들이 가득했다. 요셉이 어릴 적 가지고 놀던 단어 게임과 퍼즐도 그대로 남아 있었다. 선반 중간에는 누나가 한 번 신고 버린 신발들과 먼지를 뒤집어쓴 가방들이 어지럽게 놓여있었다. 그나마 엄마가 아는 사람들에게 나눠주고 남은 게 그 정도였다. 하지만 몇 달 후면 누나의 신발과 가방은 선반을 다시 가득 메울 게 분명했다.

선반 사이에서 요셉이 찾고 있던 물건은 다름 아닌 소형 랜턴이었다. 밤에 숲속을 걸으려면 무엇보다도 필요한 물건이었다. 하지만 선반 구석에 놓인 랜턴들은 하나같이 불이 켜지지 않았다. 배터리가 없거나 어디가 고장난 모양이었다. 아무래도 배터리를 사다가 켜 봐야 알 수 있을 것 같았다. 실망한 요셉은 랜턴들을 모두 제자리에 두고 창고를 나가려 했다.

그때 선반 앞쪽에 있던 낡은 가방 하나가 눈에 들어왔다. 돌아가신 외할아버지가 매일 같이 쓰시던 가죽 가방이었다. 할아버지는 아침마다 그 가방에 책과 신문을 넣고 학교로 출근하셨다. 원래 진한 갈색이었던 가방은 색이 바랜 탓인지 연한 갈색으로 변해 있었다. 게다가 군데군데 갈라지고 가방을 여닫는 잠금쇠도 덜렁거렸다. 요셉은 소매로 대충 먼지를 털어낸 뒤 가방을 가지고 방으로 돌아왔다.

책상에 앉아 가방을 열었다. 안에는 가방보다 더 낡고 오래된 책 한 권이 들어 있었다. 가족들이 미처 정리하지 못한 할아버지의 유일한 책이었다. 요셉은 표지에 '차라투스트라는 이렇게 말했다'라고 적힌 책을 천천히 펼쳐 보았다. 가방 때문인지 표지에서 가죽 냄새가 진하게 풍겨왔다. 어릴 적 요셉이 할아버지 품에서 맡았던 바로 그 냄새였다.

요셉은 누렇게 변한 책을 조심스럽게 넘겨 읽기 시작했다. 이 년 전에도 읽어보려고 했지만, 몇 페이지도 넘기지 못하고 포기했던 책이었다. 시 같기도 하고 잠언 같기도 한 책의 문장들은 몇 번을 읽어봐도 이해하기 힘들었다. 하지만 이 년이란 시간이 흘렀으니, 이제는 읽을 수도 있을 거란 생각이 들었다.

요셉은 침대에 앉아 계속 책을 읽어 내려갔다. 책은 '차라투스트라'라고 하는 초인의 이야기로 시작되었다. 동굴에서 십 년 동안 도를 닦은 초인은 자신이 얻은 깨달음을 세상에 전파하기 위해 세상에 내려온다. 여기까지는 그나마 이해할 수 있었다. 몇 페이지를 넘기자 '신은 죽었다'라는 문장이 나왔다. 이 년 전 책 읽기를 포기하게 만들었던 바로 그 문장이었다. 여전히 이해하기 힘들었지만, 이번에는 그냥 뛰어넘어 보기로 했다. 하지만 얼마 안 가 또다시 책을 내려놓고 말았다. 모르는 단어나 외국어가 있는 것도 아닌데 무슨 말을 하는지 도통 이해가 되지 않았다. 마치 모든 문장이 거대한 수수께끼처럼 느껴졌다.

요셉은 결국 책을 덮고 말았다. 예전에 느꼈던 답답함과 괴로움이 다시 밀려왔다. 도서관에 있는 책에 불만을 느끼면서도, 정작 그 작은 책 하나 읽지 못하는 자신이 너무나 한심스러웠다. 답답한 마음을 이기지 못한 요셉은 침대에서 일어나 창가로 걸어갔다. 칠흑 같은 밤하늘을 작은 초승달이 외로이 비추고 있었다. 달빛 아래에는 파빌리온의 작은 도서관이 홀로 아름답게 빛나고 있었다. 요셉은 도서관에서 눈을 뗄 수가 없었다. 마치 다정한 손짓으로 자신을 부르는 것 같았다.

꿈을 꾸듯 도서관을 바라보던 요셉은 문득 지금 당장 파빌리온에 가야겠다는 생각이 들었다. 원래는 가을 축제가 시작되는 금요일에 갈 예정이었지만, 이미 준비를 끝낸 만큼 지금 가도 별문제는 없을 것 같았다. 요셉은 눈을 가늘게 뜨고 언덕 아래를 살피기 시작했다. 도서관 아래로 이어진 오솔길과 끝내 건너지 못한 돌다리가 희미하게 보였다. 다행히 파빌리온의 정찰기는 더 이상 보이지 않았다. 숲에도 하늘에도 없었다.

요셉은 할아버지의 책을 다시 가방에 넣었다. 언젠간 읽을 수 있는 날이 오겠지만, 오늘은 아니었다. 지금 바로 해야 할 일은 바로 파빌리온의 도서관에 가는 거였다. 요셉은 창고로 돌아가 가방을 내려놓고 다시 한번 랜턴을 살펴보기 시작했다. 하지만 불이 들어오는 랜턴은 하나도 없었다. 그러다 선반 구석에 놓인 비닐봉지 하나를 발견했다. 봉지 안에는 요셉이 어릴 적 가지고 놀던 헤드랜턴이 들어 있었다. 어릴 적 아빠가 헤드랜턴을 새것으로 바꾸면서 요셉에게 넘겨준 물건이었다. 어린 요셉은 헤드랜턴을 쓰고 창고를 탐험하거나, 밤에 집주변을 돌며 야생동물을 보러 다니곤 했다.

요셉은 헤드랜턴을 머리에 두른 뒤 가운데에 있는 전원을 눌렀다. 그러자 헤드랜턴의 노란 불빛이 창고를 환하게 비추었다. 조금 오래되긴 했어도 겉도 멀쩡하고 작동에도 문제가 없어 보였다. 요셉은 랜턴을 끄고 창고에서 나왔다. 방으로 돌아와 시계를 보니 일곱 시를 조금 넘기고 있었다. 가족들은 급식소에서 식사를 마치고 난 뒤 사람들과 함께 페스티벌 준비를 할 테니 적어도 열 시까지는 시간이 있는 셈이었다.

요셉은 재킷을 걸치고 머리에 헤드랜턴을 둘렀다. 그리고 책상에 있던 지도를 꺼내 재킷 안주머니에 넣었다. 혹시 몰라 작은 수첩과 연필도 함께 챙겼다. 마지막으로 불을 끈 뒤 조용히 집을 나섰다. 낮에는 느끼지 못했던 가을의 서늘한 공기가 폐 안으로 스며들었다. 앞집 마당에 엎드려 있던 개 한 마리가 요셉을 향해 짖어댔지만, 신경 쓰지 않고 걷기 시작했다. 요셉은 최대한 빠른 걸음으로 숲을 향해 걸어갔다. 타운하우스에서 왼쪽으로 돌면 급식소와 도서관을 지나 곧바로 숲에 이를 수 있었다. 하지만 요셉은 왼쪽이 아닌 오른쪽으로 방향을 틀었다. 좀 멀긴 해도 불 꺼진 관리소와 상점들을 지나면 아무에게도 눈에 띄지 않고 숲에 이를 수 있었다.

어두운 길을 걸어가는데, 광장 반대편에서 사람들의 왁자지껄한 소리가 들려왔다. 광장에 모인 사람들은 환한 불빛 아래에서 웃고 떠들며 페스티벌을 준비하고 있었다. 그 안에는 요셉의 가족도 있을 터였다.

반면 어둠에 잠긴 상가는 금방이라도 귀신이 튀어나올 것처럼 으스스했다. 평소라면 20분도 걸리지 않는 거리가 오늘따라 유난히 멀게 느껴졌다. 요셉은 손을 주머니에 넣은 채 발걸음을 재촉했다. 주먹을 쥔 손에서 땀이 촉촉하게 배어 나왔다.

마침내 요셉은 숲에 도착했다. 달빛 아래 숲은 전에 봤던 모습 그대로였지만, 왠지 전보다 훨씬 정겹고 가까워진 느낌이었다. 요셉은 전보다 편안해진 마음으로 숲 안으로 들어섰다. 다행히 가로등이 있어 어렵지 않게 돌다리를 찾을 수 있었다. 요셉은 돌다리를 건너는 대신 강을

따라 위로 걸어갔다. 지도에 표시해 둔 지점을 찾는 데는
채 오 분도 걸리지 않았다. 징검다리를 발견한 요셉은 곧
장 냇가로 내려갔다. 떨어진 나뭇잎들 때문에 아래로 내
려가는 길이 무척 미끄러웠다. 냇가에 이른 요셉은 징검
다리를 하나씩 건너기 시작했다. 다행히 물이 많지 않아
시냇물을 쉽게 건널 수 있었다.

건너편 참나무 숲에 도착한 요셉은 헤드랜턴을 끄고
잠시 기다렸다. 언덕에 몸을 숨긴 채 주위를 둘러보았다.
혹시라도 정찰기가 다시 나타날까 봐 가슴이 조마조마
했다. 요셉은 긴장을 늦추지 않고 계속해서 주위를 살펴
보았다. 하지만 파빌리온 정찰기는 어디에도 보이지 않
았다.

요셉은 헤드랜턴을 다시 켜고 언덕을 기어 올라갔다.
잠시 후 눈앞에 파빌리온으로 이어지는 오솔길이 나타
났다. 하지만 요셉은 초록 잔디와 예쁜 자갈들로 이루어
진 오솔길을 포기하고, 위쪽에 있는 덤불 숲을 통해 조심
스럽게 나아갔다. 드디어 파빌리온에 도착했다는 생각
에 심장이 빠르게 뛰기 시작했다. 나뭇잎을 밟는 소리마
저 확성기에 댄 것처럼 요란하게 들렸다. 주변의 공기가

모두 어디론가 사라진 듯 숨쉬기가 힘들었다.

　마침내 파빌리온 도서관에 도착했다. 하지만 눈앞의 도서관을 본 요셉은 깜짝 놀랐다. 창문 너머로 보아왔던 초록색의 직육면체 건물은 도서관을 둘러싸고 있는 외벽일 뿐이었고, 실제 도서관은 작고 아담한 통나무집 모양이었다. 가까이 본 도서관은 세모꼴의 너와 지붕 아래에 반원 모양의 커다란 창이 있었고, 그 아래는 노란색의 널빤지로 둘러싸여 있었다. 정면에는 계단 위로 커다란 정문이 보였는데, 정문을 뺀 나머지는 모두 유리로 되어 있어 안이 그대로 보였다. 마치 '헨젤과 그레텔'에 등장하는 과자로 만들어진 집을 보고 있는 것 같은 느낌이었다.

　요셉은 도서관을 천천히 둘러보았다. 어릴 적 할아버지랑 딱 한 번 와보긴 했어도 자세한 기억은 없었다. 도서관은 생각보다 훨씬 작았는데, 언덕에 세워진 데다가 커다란 조명 때문에 크게 보인 것 같았다. 하지만 요셉의 눈에는 빌리지 도서관보다 훨씬 더 깔끔하고 아늑해 보였다.

　잠시 망설이던 요셉은 앞쪽에 있는 계단을 통해 정문

으로 올라갔다. 하지만 출입구는 단단히 잠겨 있었다. 순간 요셉의 심장이 내려앉았다. 도서관까지 오는 것만 생각하느라 나머지는 전혀 신경 쓰지 못한 탓이었다.

요셉은 실망할 틈도 없이 재빨리 도서관 뒤쪽으로 돌아갔다. 건물 뒤로 환풍 역할을 하는 작은 창들이 눈에 띄었다. 혹시나 하는 마음으로 창문을 하나씩 열어보는데 세 번째 창문이 스르륵 열렸다. 문이 고장 났거나 잠그는 걸 깜빡한 모양이었다. 창문은 사람이 드나들기엔 작았지만, 간신히 빠져나갈 수 있는 크기였다. 요셉은 몸을 한껏 움츠려 간신히 창 안으로 들어갔다. 그때만큼은 자신의 비쩍 마른 몸이 고맙다는 생각이 들었다.

창 안쪽은 뜻밖에도 여자 화장실이었다. 당황한 요셉은 반대쪽 문을 열고 밖으로 나갔다. 그러자 도서관 전체가 눈앞에 펼쳐졌다. 전등은 모두 꺼져 있었지만, 파빌리온의 화려한 조명 덕분에 도서관 전체가 훤히 들여다보였다.

우선 입구를 제외한 모든 벽에는 책장들이 천장 끝까지 세워져 있었고, 중앙에는 어른 키 높이의 책장들이 방사형으로 들어서 있었다. 책장 사이에는 앙증맞은 테이블과 의자들이 놓여있었는데, 하나같이 화사한 파스텔 톤 색상이었다.

요셉은 헤드랜턴 빛을 이용해 책상에 진열된 책들을 하나씩 살펴보기 시작했다. 하지만 책장에 꽂혀 있는 책들은 하나같이 그림책이었다. 아무래도 1층 전체가 어린이 도서관인 모양이었다. 실망한 요셉은 처음 왔던 화장실로 돌아와 뒤쪽 계단을 통해 2층으로 올라갔다. 탁 트인 1층에 비해 2층은 벽과 책장을 이용해 공간이 나뉘어 있었다. 다행히 2층에는 보고 싶었던 책들이 가득했다.

제일 먼저 트로이에 관한 책부터 찾아보기로 했다. 요셉은 어릴 적 할아버지가 읽어주셨던 책의 표지나 내용들을 거의 모두 기억하고 있었지만, 이상하게도 책 제목은 전혀 기억하지 못했다. 요셉은 하는 수 없이 책장에 있는 책들을 하나하나 살펴보기 시작했다. 그런 식으로 찾다 보면 운명처럼 눈앞에 책이 나타날 거라 믿었다. 하지만 파빌리온의 도서관에는 생각보다 훨씬 책이 많았다. 고대 그리스에 관한 책만 해도 책장에 수십 권 넘게 꽂혀 있었나.

트로이를 되뇌며 책장을 살피던 요셉의 손길이 '트로

이 왕국'이라고 적힌 책 앞에서 멈춰 섰다. 책장에서 꺼내 안의 내용을 살펴보니 요셉이 찾고 있던 바로 그 책이 분명했다. 할아버지 설명에 의하면 그 작은 책은 트로이를 발견한 '하인리히 슐리만'의 이야기를 담은 것으로, 세계적으로 고고학 열풍을 일으킨 화제작이라고 했다. 요셉은 책을 보고 나서야 할아버지께서 몇 번이나 설명해 주셨던 기억이 선명하게 떠올랐다.

요셉은 떨리는 마음으로 책을 읽기 시작했다. 그리스 신화에서 시작된 이야기는 트로이 왕국의 위치와 고고학적 가치에 대한 설명으로 시작되었다. 책은 이윽고 트로이의 주요 왕들을 소개하기 시작했다. 내용에 따르면 트로이에는 트로이의 이름과 비슷한 '티토노스'와 '트로스' 등의 왕이 있었지만, 트로이의 시조는 분명 제우스의 아들, '다르다노스'라고 적혀 있었다.

순간 하늘을 날아오르는 기분이었다. 당장이라도 책을 가져가 금발과 아이들에게 보여주고 싶었다. 하지만 도서관 밖으로 책을 가져갈 수는 없는 일이었다. 요셉은 잠시 고민하다가 스마트폰으로 책을 찍기 시작했다. 누구도 반박할 수 없도록 책의 앞표지와 뒤표지를 찍고, 특히 시조가 '다르다노스'라 적힌 부분을 확대해 찍었다. 당황한 금발의 얼굴을 상상하니 십 년 묵은 체증이 한꺼번에 내려가는 것 같았다.

마음이 느긋해진 요셉은 읽을만한 책들을 살펴보기 시작했다. 철학, 인문, 자연과학 등으로 분류된 책장에는 한번도 본 적 없는 책들이 빼곡하게 들어서 있었다. 당장 아무 책이나 골라 읽으려 했지만, 책이 너무 많아 고르기가 쉽지 않았다. 손에 잡히는 대로 읽으려다 보니 어떤 책은 너무 어려웠고, 또 어떤 책은 너무 지루했다. 한참을 서서 책을 살펴보던 요셉은 결국 옆에 있던 소파에 털썩 주저앉고 말았다. 책이 너무 많아도 문제라는 생각이 처음으로 들었다.

책장 앞에 놓인 하얀 테이블에는 빨간 소파 두 개가 마주하고 있었는데, 건너편 소파 뒤로 데스크가 보였다. 소파에 앉은 요셉은 한동안 멍하니 책만 바라보았다. 책을 읽기도 전에 지쳐버린 자신이 한심스러웠지만, 그렇다고 아무 책이나 읽을 수도 없었다. 턱을 괸 채 책장을 바라보는데 테이블 위에 놓인 책 한 권이 눈에 띄었다. 요셉은 랜턴으로 비춰보았다. '그리스인 조르바'라는 작고 낡은 책이었다.

호기심이 생긴 요셉은 테이블 위에 놓인 책을 읽기 시작했다. 책은 어느 젊은 신사와 '조르바'라는 이상한 남자에 관한 소설이었는데, 어울리지 않는 두 남자의 이야기는 갈수록 흥미진진해졌다. 요셉은 계속해서 책을 읽어나갔다. 빌리지 도서관의 책을 읽을 때와는 확실히 다른 느낌이었다. 책에 빠진 요셉은 시간 가는 줄도 몰랐다. 이상한 소리만 들리지 않았다면 밤새도록 책을 읽을 기세였다.

'쿵'하는 소리는 분명 아래층에서 들려왔다. 요셉은 재빨리 헤드랜턴을 끈 뒤 숨을 죽인 채 기다렸다. 꽤 오랜 시간을 기다렸지만 아무 일도 일어나지 않았다. 잘못 꽂혀 있던 책이 떨어졌거나, 창문이 덜컹거리는 소리였는지도 몰랐다.

안심한 요셉은 다시 헤드랜턴을 켜고 데스크 위에 있는 벽시계를 비춰보았다. 시곗바늘이 벌써 열 시를 향하고 있었다. 여덟 시 전에 책을 읽기 시작했으니 벌써 두 시간이 지난 셈이었다. 그런데도 책을 덮고 싶은 마음이 전혀 들지 않았다. 하지만 열 시 전까지는 집에 도착해야 가족들에게 들키지 않을 수 있었다. 요셉은 읽고 있던 페이지 끝을 접어 원래 있던 테이블에 올려놓았다. 책을 빌릴 수 없어 아쉽긴 해도 기분은 최고였다.

요셉은 계단을 살금살금 내려와 여자 화장실로 들어갔다. 그리고 들어왔을 때처럼 창문을 통해 밖으로 빠져나왔다. 올 때는 차갑기만 했던 밤공기가 이제는 시원하게 느껴졌다.

요셉은 제법 익숙해진 길을 따라 집으로 돌아왔다. 방에 들어와 헤드랜턴을 책상 서랍에 넣어두고 재킷을 벗었다. 침대에 눕자마자 현관문이 열리는 소리가 들렸다. 페스티벌 준비를 끝낸 가족들이 집에 돌아온 모양이었다. 잠시 후 방으로 들어온 엄마는 잠든 척 누워있는 요셉의 얼굴을 바라보았다.

"요셉, 계속 자는 거니? 세상에나, 엄청 피곤한가 보네. 잠옷도 안 갈아입고."

엄마는 요셉의 볼에 입을 맞춘 후 방을 나갔다. 목소리를 들어보니 화가 모두 풀린 모양이었다. 요셉은 잠시 눈을 떴다가 다시 곧 잠이 들었다. 꿈속에서 요셉은 푹신한 소파에 앉아 끝도 없이 책을 읽고 있었다.

아침에 눈을 뜬 요셉은 콧노래를 부르며 아래층으로 내려왔다. 부엌에서 커피를 마시고 있던 엄마가 놀란 눈으로 요셉을 바라보았다.

"요셉, 무슨 좋은 일이라도 있니? 오늘따라 기분이 무척 좋아 보이는구나."

"어디서 이상한 책이라도 발견했나 보지." 식탁에 앉아 빵을 먹고 있던 누나가 빈정거렸다. 요셉은 속으론 뜨끔했지만, 아무렇지 않은 척 대답했다.

"오늘 축구 시합이 있거든요."

요셉은 식탁에 앉아 컵에 시리얼과 우유를 붓고 퍼먹기 시작했다. 앞에 앉은 누나가 수상한 눈초리로 계속 노려보았지만, 요셉은 고개를 숙인 채 아무 말도 하지 않았다. 대충 아침 식사를 마친 요셉은 가방을 둘러메고 집을 나섰다.

"엄마, 학교 다녀오겠습니다!"

"그래, 잘 갔다 오렴. 참, 오후에 케이크 먹으러 같이 갈래?"

"다음에요, 엄마."

현관문 틈으로 엄마의 한숨 소리가 따라 나왔다. 밖으

로 나온 요셉은 언덕에 있는 파빌리온 도서관을 바라보았다. 아침 햇살에 반짝이는 모습이 유난히 아름다워 보였다.

학교에 걸어가며 어제 읽었던 '그리스인 조르바'의 줄거리를 떠올렸다. 젊은 신사는 왜 크레타로 떠날 생각을 했을까, 어떻게 조르바 같은 사람과 친구가 되었을까, 조르바의 산투르에선 어떤 소리가 날까, 하는 수많은 생각이 밀려들었다.

책에 관한 생각은 학교에서도 멈춰지지 않았다. 요셉은 쉬는 시간마다 컴퓨터실로 달려가 '그리스'와 '크레타', '산투스' 등을 검색하거나, 젊은 신사와 조르바가 함께 갔던 해변을 그려보았다. 금발과 복도에서 마주쳤지만, 트로이 얘기는 꺼내지도 않았다. 트로이의 시조가 '다르다노스'란 사실을 쉽게 알려주기 싫었다. 요셉이 싱글벙글한 얼굴로 바라보자 지나가던 금발이 인상을 찌푸렸다. 하루가 순식간에 지나갔다.

수업이 끝나고 급식소에서 점심 식사를 마칠 때까지도 요셉의 흥분은 쉽게 가라앉지 않았다. 테오가 따라와 게임이나 같이 하자고 졸라댔지만, 도서관에 가야 한다고 간신히 따돌렸다. 하지만 집에 돌아오자 갑자기 할 일이 없어졌다. 아무도 없는 집에서 일곱 시까지 기다릴 생각을 하니 속이 답답해 미칠 지경이었다. 생전 하지 않던 청소기를 돌리고 책상까지 깨끗이 정리했다. 소파에서 부엌을 수십 번 오갔지만, 시곗바늘은 좀처럼 움직이지 않았다. 결국 기다림에 지친 요셉은 소파에 누워있다가 설핏 잠이 들고 말았다.

부엌에서 나는 소리에 눈을 뜬 요셉은 깜짝 놀라 소파에서 일어났다. 여동생인 드보라가 수영 클래스를 마치고 집에 돌아온 모양이었다. 시계를 보니 여섯 시 오 분 전이었다. 요셉은 소파에서 벌떡 일어나 2층 방으로 올라갔다. 방에 들어가 재킷을 걸친 뒤 헤드랜턴을 호주머니에 쑤셔 넣었다. 급식소에서 제일 먼저 저녁 식사를 끝내고 곧바로 파빌리온 도서관으로 갈 생각이었다. 학교에서 온종일 생각한 결과, 어차피 모든 도서관이 여섯 시에 문을 닫으니 일곱 시까지 기다릴 필요가 없다는 결론을 내렸다.

요셉은 신나게 아래층으로 내려갔다. 거실에는 드보라가 수영 가방을 소파에 던져놓은 채 주스를 마시고 있었다. 머리를 말리지 않았는지 머리카락 끝에서 물방울이 똑똑 떨어졌다.

"안녕, 드보라. 수영 잘 다녀왔어?" 요셉이 거실을 지나며 물었다.

"응. 오빠, 급식소에 갈 거야? 나랑 같이 가. 엄마랑 언니는 그쪽으로 바로 온대."

"나 먼저 갈게. 배가 엄청 고프거든."

"잠깐만 기다려 줘. 나 머리만 말리고. 엄마가 오빠랑 같이 오랬단 말이야, 응?"

"미안, 먼저 갈게. 나중에 보자."

드보라가 뭐라 말하기도 전에 요셉은 집을 나섰다. 드보라에겐 미안했지만 어쩔 수 없었다. 급식소에 도착한 요셉은 뭘 먹었는지도 모르게 저녁 식사를 대충 끝냈다. 그리고 곧바로 파빌리온 도서관으로 향했다. 다행히 정찰기는 오늘도 눈에 띄지 않았다. 축제 때문에 들뜬 사람들은 요셉이 어디로 가는지 아무도 신경 쓰지 않았다. 게다가 어제보다 일찍 출발해서인지 상가로 가는 길도 아직 환했고, 걸음걸이도 빨랐다. 결국 아무 문제 없이 파빌리온 도서관에 도착한 요셉은 어제처럼 화장실을 통해 안으로 들어갔다. 밖은 아직 환했지만, 불이 꺼진 도서관은 어두운 편이었다.

요셉은 바로 2층으로 올라갔다. 어제 앉았던 테이블 위를 보니 '그리스인 조르바'가 그대로 놓여있었다. 도서관 사서가 누군지 정리를 참 안 한다는 생각이 들긴 했지만, 책을 바로 읽을 수 있어서 오히려 편했다. 요셉은 주머니에서 헤드랜턴을 꺼내 머리에 두른 뒤 곧바로 책을 읽기 시작했다. 조르바의 자유로운 삶과 거친 입담이 책을 읽을수록 매력적으로 다가왔다.

시간은 빠르게 지나갔다. 집에 있을 땐 거북이 같던 시간이 도서관에선 경주마로 돌변한 모양이었다. 책을 반쯤 읽다가 문득 시계를 보니 아홉 시가 훨씬 지나 있었다. 요셉은 더 읽고 싶은 마음을 간신히 억누르며 책을 덮었다. 읽던 페이지를 접어 표시한 뒤 테이블에 내려놓았다. 그리고 내일도 책이 그대로 있길 바라는 마음으로 도서관을 나왔다.

집에 돌아온 요셉은 재빨리 잠옷으로 갈아입고 침대에 누웠다. 잠시 뒤 방에 들어온 엄마는 잠옷 차림의 요셉을 확인하고는 흡족해했다. 그리고 요셉의 볼에 입을 맞춘 뒤 방을 나갔다.

그날부터 요셉은 밤마다 도서관으로 향했다. 책이란 참으로 신기한 물건이어서 페이지를 넘길수록 이야기에 빠져들었다. 책을 읽는 속도도 점점 빨라져 한 시간에 백 페이지가량을 읽을 수 있게 되었다. 요셉은 파빌리온 도서관에 빠르게 익숙해졌다. 반면 집으로 돌아가는 건 갈수록 힘들어졌다. 학교에서나 집에서나 오로지 책을 빨리 읽고 싶다는 생각뿐이었다.

요셉의 소망은 편안한 소파에 앉아 온종일 책을 읽는 거였다. 달빛 아래 창문을 열어놓고 시원한 바람을 맞으며 책을 읽다가 슬며시 잠드는 게 유일한 소망이었다. 하지만 요셉의 그 작은 소망은 결코 이뤄질 수 없었다. 남의 도서관에 몰래 들어와 숨어서 책을 읽어야 하는 게 자신의 현실이기 때문이었다. 그래도 요셉은 행복했다. 책을 볼 수 있어서 좋았고, 책을 읽을 수 있어서 기뻤다. 그렇게 행복한 일상이 며칠간 이어졌다. 아무도 요셉을 찾지 않았고, 아무도 묻지 않았다.

180 은유법

은유법

　시월의 마지막 주 금요일부터 일요일까지가 가을 축제 기간이었다. 마침내 금요일이 되자 온 빌리지가 술렁거렸다. 사람들은 평소처럼 학교와 일터로 향했지만, 마음은 이미 축제 한가운데 있었다. 오전까지 각자 할 일을 하며 기다릴 수밖에 없었던 사람들은 두세 명만 모여도 축제에 관한 이야기를 하느라 정신이 없었다. 이윽고 시곗바늘이 열두 시를 가리키자, 사람들은 기다렸다는 듯이 광장으로 모여들었다.

농장이나 관리소 중에는 축제를 위해 며칠 전부터 문을 닫은 곳이 많았고, 문을 연다 해도 대부분은 점심시간까지만 일했다. 상점 주인들 역시 축제가 열리는 동안 휴업하거나, 오전에만 잠시 문을 열었다. 막바지 연습에 들어간 학생들도 오전 시간을 정신없이 보냈다.

광장에 모인 사람들은 상기된 표정으로 하나둘씩 급식소에 들어섰다. 바람에 풍기는 음식 냄새가 사람들을 더욱 흥분시켰다. 그때까지도 급식소 사람들은 만찬을 준비하느라 분주한 시간을 보내고 있었다. 축제를 위해 동원된 복지관 직원들도 완성된 음식을 나르느라 정신이 없었고, 테이블을 돌아다니며 점검하는 조리사들 역시 하나같이 상기된 표정이었다.

급식소에 들어선 사람들은 테이블에 차려진 음식을 보며 탄성을 질러댔다. 하얀 테이블보가 깔린 식탁 가운데는 촛대와 꽃병으로 꾸며져 있었고, 그 양쪽에는 접시와 포크들이 가지런히 놓여있었다. 또한, 평소엔 보기 힘든 터키와 햄, 케이크와 스무디 같은 음식들이 산더미처럼 쌓여 있어 식욕을 더욱 자극했다.

급식소에 들어선 사람들은 가볍게 인사를 나눈 뒤 가

족이나 친구들끼리 모여 앉아 만찬을 들기 시작했다. 빌리지 사람들은 복지관과 급식소가 마련한 다양한 메뉴와 디저트를 그저 기분 좋게 즐기면 그만이었다. 서빙을 끝낸 직원들도 가족들이 기다리는 테이블로 향했다. 빌리지 사람들은 즐겁게 이야기하며 만찬을 즐겼다. 조리사 중의 한 명이 호두 파이를 잊었다고 소리쳤지만, 사람들의 와자지껄한 웃음소리에 묻히고 말았다. 천장에 달린 스피커에선 감미로운 재즈 음악이 끊임없이 흘러나왔다.

보통 열두 시부터 오후 두 시까지는 점심 식사와 티타임으로 예정되어 있었다. 식사를 끝낸 사람들은 여느 때보다 더 느긋하게 차와 커피를 즐겼다. 그러다 두 시가 되면 빌리지 사람들은 슬슬 광장으로 움직이기 시작했다. 이미 광장 주변에는 공연을 알리는 입간판들이 자리를 다투며 서 있었고, 터질듯한 음악 때문에 정신을 차리기가 힘들 지경이었다.

터키와 애플파이로 배를 채운 요셉도 광장 주변을 서성였다. 계획대로라면 점심을 먹자마자 파빌리온 도서관으로 향해야 했지만, 오늘만큼은 학생들이 준비한 행사를 둘러보는 것도 나쁘지 않을 것 같았다. 학생들이 준비한 프로그램은 매해 비슷했다. 영상 동아리 학생들은 예쁜 무대를 만들어 사람들의 사진을 찍어 주거나 영상을 제작해 주었고, 게임 동아리에선 상품을 걸고 게임 대결을 벌이기도 했다. 또, 미술 동아리 회원들은 지나가는 사람들을 불러 초상화를 그려주었으며, 앞에 커다란 지원금 함을 놓아둔 밴드부는 쉴 새 없이 연주했다.

학생들에게 가을 축제는 동아리 지원금을 마련할 수 있는 최고의 날이었다. 학교의 모든 동아리는 파빌리온으로부터 일정한 지원금을 받았지만, 모자란 부분은 학생들이 해결해야만 했다. 따라서 학생들은 부족한 활동비를 채우기 위해 축제에서 최선을 다했고, 가족과 친척들로부터 활동비를 두둑하게 챙긴 회원들은 일 년간 편안하게 동아리를 꾸려갈 수 있었다.

광장을 둘러보던 요셉은 축구복을 입은 테오를 발견하고 광장 한쪽으로 걸어갔다. 축구부는 수백 개의 물풍선을 만들어 놓고, 항아리에 돈을 낸 사람들이 선수들을 맞출 수 있도록 했다. 테오는 물풍선을 이미 여러 개 맞았는지 머리부터 발끝까지 흠뻑 젖어 있었다. 요셉은 그런 테오를 본 뒤, 주머니에 있던 돈 전부를 항아리에 털어 넣었다. 물에 젖은 테오가 요섭을 향해 손을 흔들었다.

광장에는 학생들만 있는 건 아니었다. 어른들도 부스를 마련해 소속된 모임을 소개하거나 상품을 팔기도 했다. 테오 엄마가 있는 뜨개질 모임은 일 년간 만든 모자나 스카프 등을 전시하고 일부는 사람들에게 팔기도 했다. 또, 꽃꽂이 모임은 각종 화분과 꽃바구니를 만들어 판매했다.

광장에서 즐거운 오후를 보낸 사람들은 어둠이 잦아들자, 하나둘씩 복지관으로 향했다. 복지관의 행사 요원들은 임시로 만든 무대 앞에 수백 개의 의자를 마련해 두고 안으로 들어서는 사람들에게 샌드위치와 음료수를 하나씩 나눠 주었다. 의자에 앉은 사람들은 샌드위치와 음료수를 먹으며 공연을 기다렸다. 식사가 끝날 때쯤 나눠준 팸플릿에는 곧 시작될 공연 순서가 빼곡히 적혀 있었다.

빌리지 사람들로 꾸며진 공연은 사실 대단한 수준은 아니었다. 하지만 가족과 친구들의 무대인 만큼 많은 사랑을 받았다. 특히 어린이들의 연극이나 댄스는 가장 많은 관심을 받았고, 노인들 합창이나 엄마들의 발레도 제법 인기가 있는 편이었다. 그중 아저씨들로 구성된 밴드와 중고생으로 이뤄진 밴드는 막상막하의 대결을 펼쳤다. 시간이 갈수록 아저씨들의 연주 실력이 좋아지는 한편, 학생들은 새로운 노래와 연주 기법으로 자신들의 기량을 뽐냈다. 하지만 공연의 하이라이트는 댄스팀의 무대였다. 새로운 루키들로 구성된 댄스팀 '알파'의 공연도 나름 재미있었지만, 고등학생과 대학생들로 구성된 '오메가'의 공연은 화려함의 극치였다. 웬만한 댄스 실력이 아니면 팀에 들어가기조차 힘들어서 '오메가' 팀원들의 사기는 하늘을 찌를 듯했다.

복지관 뒤편에선 공연을 앞둔 대기자들이 모여 마지막 연습을 하고 있었다. 댄스팀의 음악과 밴드 소리가 얽혀 세상에 없는 소음을 만들어 내는 중이었다. 귀를 막은 채 그 앞을 지나가던 요셉은 진한 화장과 짧은 치마로 한껏 멋을 부린 여학생 사이에서 누나를 발견했다. 엄마는 그 앞에서 사진을 찍느라 정신이 없었고, 드보라는 그 옆에서 솜사탕을 핥고 있었다.

세 모녀의 모습을 확인한 요셉은 복지관 반대 방향으로 걷기 시작했다. 공연은 밤 열 시가 넘어서야 끝날 예정이었고, 아쉬운 사람들은 여기저기로 몰려가 파티를 이어갈 게 뻔했다. 요셉의 모습이 보이지 않는다고 해서 걱정할 사람은 아무도 없었다. 엄마조차 요셉이 집에서 조용히 책이나 읽을 거라 여겼다. 복지관은 몰려드는 인파 때문에 앞으로 나아가기가 쉽지 않았지만, 급식소 앞은 비교적 한산한 편이었다. 간신히 광장을 빠져나온 요셉은 조용히 숲을 향해 걸어갔다.

시계를 보니 겨우 여섯 시를 가리키고 있었다. 보통 때라면 아직 닫지 않을 시간이었지만, 가을 축제인 만큼 도서관도 일찍 문을 닫을 게 분명했다. 요셉은 상가로 돌아가지 않고, 학교를 지나 곧바로 숲으로 향했다. 공연이 끝날 때까지는 아무도 숲 근처를 돌아다니거나 신경 쓰지 않을 터였다. 예상대로 학교와 도서관 근처에는 사람 그림자 하나 보이지 않았고, 숲은 언제나처럼 고요했다.

이윽고 숲에 도착한 요셉은 빠른 걸음으로 파빌리온 도서관을 향했다. 헤드랜턴을 쓰지 않고 도서관에 가는 건 그때가 처음이었다. 숲을 지나 개울을 건널 때까지도 나무에 걸려 넘어지지 않은 것 역시 마찬가지였다. 요셉은 가벼운 걸음으로 눈앞에 보이는 도서관을 향해 성큼

성큼 걸어갔다. 오늘은 늦게까지 책을 읽을 수 있다고 생각하니 하늘을 나는 기분이었다.

이윽고 요셉은 도서관 앞에 도착했다. 여자 화장실 아래 창문은 여전히 열려 있었고, '그리스인 조르바'도 테이블에 그대로 있었다. 도서관 안으로 들어서자, 산자락에 남아있던 해가 완전히 사라져 버렸다. 요셉은 주머니에서 헤드랜턴을 꺼내 머리에 두르고 소파에 앉아 얼마 남지 않은 책을 읽기 시작했다. 조르바에 푹 빠져서인지 책을 다 읽기가 아쉬울 정도였다.

마지막 페이지를 읽고 있는데, 어디선가 바스락거리는 소리가 들려왔다. 요셉은 재빨리 랜턴을 끄고 어둠 속에 몸을 숨겼다. 숨을 죽인 채 한참을 기다렸지만, 아무 소리도 들리지 않았다. 이번에도 별거 아니라 생각한 요셉은 다시 헤드랜턴을 켰다. 그런데 불을 켜자, 요셉의 눈앞에 뭔가가 나타났다. 랜턴의 불빛 끝에 서 있는 건 머리가 하얗고 얼굴엔 주름이 가득한 귀신이었다.

"으악! 누구야!" 요셉은 비명과 함께 소파에서 굴러떨어졌다.

"어이쿠, 저런! 내가 놀라게 한 모양이구나."

랜턴 때문에 귀신처럼 보였지만, 분명 사람 목소리였다. 놀란 요셉은 부들부들 떨고 있을 뿐 말 한마디 할 수 없었다.

"미안하구나. 그럼, 여기 등 하나를 켜볼까?"

어둠 속에서 '딸깍'하는 소리와 함께 벽에 있던 전등이 켜졌다. 순간 주위가 환해졌다. 겁에 질린 채 웅크리고 있던 요셉도 간신히 눈을 떴다. 귀신이라 생각했던 누군가는 아담한 체구의 할아버지였다. 깊게 파인 주름 때문에 귀신처럼 보였을 뿐, 목소리도 인상도 험상궂게 보이진 않았다. 그제야 마음이 놓인 요셉이 간신히 입을 열었다.

"누, 누구세요?"

"나는 이곳 도서관의 사서란다."

순간 요셉의 가슴이 또다시 내려앉았다. 당장 쥐구멍이라도 찾아 숨고 싶은 심정이었다. 요셉의 얼굴을 빤히 쳐다보던 할아버지가 천천히 물었다.

"그런데 넌 이름이 뭐지?"

"네? 요…요셉이요."

바들바들 떨고 있는 요셉에게 할아버지가 웃으며 말

했다.

"요셉이라, 좋은 이름이구나. 난 바오로라고 한다. 혹시 빌리지에서 왔니?"

"네, 죄송해요."

"그래, 한 사흘쯤 된 것 같은데. 그렇지?"

요셉은 깜짝 놀라 고개를 들었다. 바오로 할아버지는 요셉이 밤마다 도서관에 드나드는 걸 처음부터 알고 있었던 게 분명했다. 그러고 보니 아래층에서 소리를 냈던 사람도 바오로 할아버지였을 거라는 생각이 들었다. 하지만 이해가 되지 않았다. 요셉의 행동을 알고 있으면서도 할아버지는 왜 그냥 내버려 뒀던 것일까.

"정말 죄송해요. 빌리지 도서관엔 마음에 드는 책이 없어서 한번 와봤어요. 하지만 다시는 오지 않을게요."

요셉이 고개를 떨구며 말했다.

"괜찮다. 난 널 야단치려고 온 게 아니란다. 잠깐 앉아서 얘기해도 되겠니?"

할아버지가 소파에 앉자, 요셉도 맞은편 소파에 앉았다.

"그래, 마음에 드는 책은 찾았니?"

바오로 할아버지의 다정한 목소리가 마음을 편안하게 했다. 요셉은 살며시 고개를 들어 할아버지를 찬찬히 바라보았다. 정신이 없을 땐 몰랐는데, 자세히 보니 외할아버지와 닮은 것 같았다. 외할아버지보다 체구도 작고 주름도 더 깊었지만, 다정한 눈빛과 목소리는 비슷했다.

"네." 요셉이 대답하며 읽고 있던 책을 내밀었다.

"오, 벌써 다 읽은 모양이구나. 내가 제일 좋아하는 책이지. 오래돼서 낡긴 했어도 말이다."

바오로 할아버지는 흐뭇하게 웃으며 요셉과 책을 번갈아 보았다.

"그럼, 할아버지 책이에요? 제가 읽고 있는 걸 알고 계셨군요."

"그래. 읽다가 깜빡하고 놓고 갔는데, 다음날 보니 페이지가 접혀 있더구나. 그래서 누군가 읽고 있다는 걸 알게 됐지. 그것도 도서관을 닫은 후에 말이다."

"죄송해요, 할아버지. 맘대로 페이지를 접어놔서." 요셉이 다시 고개를 숙였다.

"괜찮다. 그런데 책은 재미있었니?"

"네, 정말 재미있었어요. 어떤 부분은 슬프기도 했지

만요."

"그랬구나. 책이 재밌었다니 다행이다. 여기 도서관은 처음 온 게냐?"

"음, 어렸을 때 외할아버지랑 딱 한 번 와본 적이 있어요. 잘 기억나지는 않지만요."

"그런데 왜 밤에 온 건지 궁금하구나. 낮에 왔으면 더 좋았을 텐데 말이다."

바오로 할아버지가 정말 궁금하다는 듯이 물었다.

"전 빌리지 사람이니깐 여기 오면 안 되잖아요." 요셉이 시무룩하게 말했다.

"저런, 누가 그러더냐, 빌리지 사람들은 여기 못 온다고?" 할아버지가 놀란 눈으로 물었다.

"그럼, 저도 파빌리온 도서관에 올 수 있다는 말씀인가요?"

"도서관은 누구에게나 열려있단다. 빌리지 사람들이나 파빌리온 사람들이나 모두 올 수 있다는 얘기지."

"정말요? 아무나 와도 된다고요?"

요셉은 바오로 할아버지 말씀을 믿기 어려웠다. 하지만 잠시 생각해 보니 파빌리온 도서관에 가면 안 된다고 말한 사람은 한 명도 없었다. 사실 빌리지에는 공무 때문에 파빌리온을 자주 왕래하는 사람들이 꽤 있었다. 하지만 어른들은 꼭 필요한 일이 아니면 파빌리온에 가기를 극히 꺼렸는데, 그러다 보니 아이들도 자연스럽게 파빌리온과 멀어지게 되었다. 요셉의 복잡한 표정을 읽은 할아버지가 천천히 설명하기 시작했다.

"이곳은 빌리지와 파빌리온으로 나뉘기 전부터 있었던, 파빌리온에서 가장 오래된 도서관이란다. 파빌리온이 세워지기 전에 대학과 연구원이 있었는데, 그때는 정말 많은 사람이 와서 책을 읽곤 했지. 파빌리온을 세운 사람들도 바로 그들이란다. 말하자면 이곳 도서관은 파빌리온의 입구이자 시작점인 셈이지. 지금은 주변에 큰 도서관들이 생겨서 많이 찾진 않지만, 그래도 아이들은 꾸준히 오고 있단다."

"그럼 빌리지 사람들은 왜 오지 않나요?"

"글쎄다. 아마도 파빌리온과 빌리지로 나뉘면서 그렇게 된 게 아닐까 싶다. 파빌리온 입구에 있는 데다, 빌리지에 도서관이 생기면서 자연스럽게 나뉜 것 같다. 하지만 예전에도 그랬듯이 도서관은 누구에게나 열려있단다. 그래서 나는 네가 와준 게 무척 기쁘다. 좀 늦긴 했지만 말이다." 할아버지 말씀에 요셉이 쑥스럽게 웃었다.

"파빌리온 사람들은 이런 책들만 읽나요?"

"이런 책들이라니? 빌리지 도서관에 있는 책들과 다르다는 뜻이냐?"

"네, 많이 다른 것 같아요. 그래서 제가 여길 온 거고요. 파빌리온 사람들과 빌리지 사람들이 달라서 그런 건가요?"

"넌 파빌리온 사람들과 빌리지 사람들이 다르다고 생각하는 모양이구나?"

"네, 다르다고 들었어요. 파빌리온에는 밤늦게까지 공부하거나 연구하는 사람들뿐이고, 욕심 때문에 쉬지 않고 일만 하는 일벌레들이라고요. "

"하하하, 그렇게 생각하는 줄은 몰랐다. 사실 파빌리온이나 빌리지 사람들의 생활은 비슷하단다. 타운하우스에서 살면서 급식소에서 점심과 저녁을 먹고, 여섯 시가되면 집으로 돌아가지. 만약 다른 점이 있다면 집에서도 책을 읽고 연구를 계속한다는 정도겠지."

"그게 일 중독자 아닌가요?"

"음, 나는 '꿈꾸는 사람들'이라고 부르고 싶구나."

"꿈꾸는 사람들이요?" 요셉이 물었다.

"그 사람들은 누가 시켜서 하는 것도 아니고, 욕심 때문에 그런 것도 아니란다. 다들 자기가 좋아서 밤새도록 책 읽고 연구하는 것이지. 그건 이루고 싶은 꿈이 있기 때문이란다."

바오로 할아버지 말씀을 들은 요셉은 잠시 생각에 잠겼다. 꿈 때문이라니, 자신에게도 이루고 싶은 뭔가가 있던가, 누가 시키지 않아도 밤새도록 하고 싶은 뭔가가 있는지 자신에게 물어보았다. 그러나 아무리 생각해 봐도 그 뭔가가 자신에겐 없다는 사실을 깨달았다. 요셉은 갑자기 우울해졌다. 소중한 뭔가를 놓친 느낌이었다. 할아버지는 요셉의 그런 마음을 모른 채 말을 이어갔다.

"내 생각이긴 하다만, 파빌리온 사람들에게 꿈이 있는 건 이곳 도서관 덕분일 거다. 이곳 책을 읽은 덕분에 꿈 꿀 수 있게 된 거지."

할아버지는 흐뭇한 미소를 지으며 요셉에게 말씀하셨다. 도서관을 둘러보는 표정에서 도서관을 자랑스러워하는 할아버지의 마음이 진하게 묻어났다. 하지만 파빌리온 사람들이 도서관 덕분에 꿈꿀 수 있게 되었다는 말씀은 선뜻 이해되지 않았다. 도대체 꿈이 책과 무슨 관계가 있다는 것일까. 설사 책을 읽어야 꿈이 생기는 게 사실이라면, 책만 죽어라 읽어대는 자신에겐 왜 꿈이 없는 걸까. 생각할수록 머리가 복잡해졌다. 홀로 생각에 빠져있던 요셉은 갑자기 생각난 듯 바오로 할아버지에게 물었다.

"그럼 '차라투스트라는 이렇게 말했다' 같은 책을 읽을 수 있어야, 꿈을 꿀 수 있는 건가요?"

"오, 그 책을 본 적 있니?"

"네, 외할아버지 책 중에 유일하게 남아있는 책이에요. 다른 책들은 모두 치워버렸거든요."

"저런, 할아버지께서 너무 어려운 책을 남기셨구나. 네 나이엔 읽기 쉽지 않지. 하지만 여기 도서관에 있는 책들이 다 그렇게 어려운 건 아니란다. 너도 읽어봐서 알겠지만 말이다."

"왜 여기 있는 책들을 읽어야 꿈이 생기는 건가요? 빌리지 도서관 책들은 안되나요?"

"네가 말했던 것처럼 도서관에 있는 책들이 좀 다르지.

사실 처음에는 비슷했는데, 시간이 흐르면서 그리되었단다. 요셉, 차라투스트라를 읽어보니 어떻더냐?"

"사실 거의 읽지 못했어요. 책이 너무 어려워서요. 특히 '신은 죽었다'라는 문장은 무슨 수수께끼 같았어요."

요셉이 머리를 긁적이며 대답하자, 할아버지가 큰 소리로 웃으셨다.

"하하하, 그 구절은 굉장히 유명하단다. 하지만 그 의미를 완벽하게 이해하기란 절대 호락호락하지 않지."

"혹시 할아버지께선 그 의미를 알고 계시나요?"

"내 생각에 신이 죽었다는 건, 더 이상 신에 의존하지 않고 인간의 능력으로 인간의 시대를 살아가라는 뜻이라고 생각한다."

"와, 그런 뜻이 숨어있었군요."

요셉이 고개를 끄덕였다.

"하지만 그건 정답이 아니란다. 은유법으로 표현된 문장은 하나가 아닌, 여러 가지 의미를 품고 있거든."

"은유법이요?"

"그래, 영어로 '메타포'라고 하지. 혹시 들어본 적 있니?"

"잘 기억나진 않지만, 수업 시간에 들어본 것 같아요."

"수업 시간에는 그저 수사법의 하나라고만 배웠을 거야. 하지만 은유법은 보이지 않는 것을 그려내고, 새로운 생각을 끌어내는 사고의 도구란다."

"은유법이 새로운 생각을 끌어낸다고요?"

"그렇단다. 네가 그리스인 조르바를 읽으면서 슬프면서도 재밌다고 생각한 것도 바로 그 때문이지. 마치 그들이 눈앞에서 울고 웃고 떠드는 것처럼 상상했기 때문이 아니겠니?"

"맞아요. 정말로 그랬어요. 하지만 은유법이 꿈과 무슨 상관이 있다는 건가요?"

"은유법으로 표현된 구절이나 책에는 숨은 뜻이 있지만, 그 의미를 곧바로 알려주지 않지. 바로 '차라투스트라는 이렇게 말했다'처럼 말이다."

요셉은 좀 더 잘 듣기 위해 할아버지 쪽으로 몸을 더 기울였다. 할아버지의 설명이 이어졌다.

"이곳 책들이 하나같이 불친절하고 어렵다고 느껴지는 이유도 바로 '은유법' 때문이지. 그런데 은유법은 아주 대단한 힘을 가지고 있단다."

"정말요? 그게 뭔데요?"

"아까 내가 '신은 죽었다'라는 구절이 여러 가지 의미를 품고 있다고 했지?"

"네, 기억해요."

"은유법은 한 구절만으로도 이처럼 다양한 사고와 새로운 생각을 불러일으킨단다."

"그게 그렇게 중요한 건가요?"

"그 새로운 생각이라는 게 바로 창의력이거든. 인류 역사를 이끌었던 천재들은 그 특별한 창의력을 통해 세계를 변화시켰지. 혁신적인 해결책과 발명품을 선보이고, 자유와 개혁을 이끌면서 말이다."

"그럼, 그 천재들은 은유법을 통해 자신의 꿈을 이룰 수 있었던 거네요."

"그렇지. 결국 은유법은 보이지 않는 것을 상상하고 꿈꾸게 하는 방법이란다. 일종의 마법이지."

"마법이라고요?" 요셉이 놀라 물었다.

"세상을 바꾸는 마법. 파빌리온의 힘도 바로 거기에서 나온단다. 책을 통해 상상하고 꿈꿀 수 있도록 하는 게 바로 은유법이니까. 이제 은유법의 힘이 뭔지 이해할 수 있겠니?"

요셉은 잠시 생각에 잠겼다. 할아버지께서 말씀하신 은유법의 의미를 어렴풋하게나마 이해할 수 있을 것 같았다.

"자, 많이 늦었구나. 이제 가봐야 하지 않겠니?"

할아버지가 벽시계를 보며 말했다. 그제야 정신이 든 요셉도 시계를 보았다. 시곗바늘이 열 시를 넘어서고 있었다. 아무리 늦어도 열 시 반까지는 집에 들어가야 한다는 사실을 까맣게 잊고 있었다. 요셉은 할아버지와 함께 의자에서 일어섰다.

"할아버지, 정말 감사합니다. 덕분에 책도 재밌게 읽었어요." 요셉이 할아버지께 그리스인 조르바를 건네며 말했다. 하지만 할아버지는 책을 받지 않았다.

"이 책은 너에게 선물로 주고 싶은데 괜찮겠니? 나는 이미 여러 번 읽었거든."

"진짜요? 정말 감사합니다." 요셉이 기쁨에 넘쳐 소리쳤다.

"그리고 선물이 한 가지 더 있단다. 이리로 와 보렴."

바오로 할아버지가 데스크로 걸어가자, 요셉도 따라갔

다. 할아버지는 서랍에서 뭔가를 꺼냈는데, 작은 플라스틱 카드처럼 보였다. 할아버지는 옆에 있는 작은 기계를 켜더니 그 안에 카드를 밀어 넣었다. 기계가 윙 소리를 내며 작동을 시작했다. 기계가 작동을 멈추자, 할아버지는 요셉에게 완성된 카드를 내밀었다. 요셉은 얼떨결에 카드를 받았다. 파빌리온 도서관이라고 적힌 작은 카드에는 요셉의 이름이 선명하게 새겨져 있었다

"도서관 카드다. 내일부터는 이 카드를 들고 오렴. 반드시 낮에 와야 한다. "

"그럼, 저도 여기 있는 책들을 맘대로 읽을 수 있다는 말씀인가요?"

"이제부턴 다 네 책이다. 맘껏 읽고 언젠간 너도 꿈을 갖게 되길 바란다."

"할아버지, 정말 감사합니다!" 감격한 요셉이 머리를 꾸벅 숙였다.

"그럼, 이 카드로 새 책을 빌려볼까? 다음엔 어떤 책을 읽을진 결정했니?"

"아직요. 사실 책이 너무 많아서 뭘 읽어야 할지 모르겠어요. 할아버지께서 좀 골라주시면 안 될까요?"

"음, 이 책은 어떨까?"

바오로 할아버지는 옆의 책장에서 책 한 권을 빼내 요셉에게 내밀었다. 검은 바다 위에 작은 배가 그려진 책은 '노인과 바다'라고 쓰여 있었다. 요셉은 그 책이 무척 마음에 들었다. 요셉이 카드와 함께 책을 내밀자, 할아버지는 둘의 바코드를 찍어 책을 대여했다. 그 모습을 지켜보던 요셉의 눈에서 금방이라도 눈물이 쏟아질 것 같았다. 그토록 꿈꿔왔던 일들이 바로 눈앞에서 펼쳐지고 있었다.

할아버지가 카드와 책을 요셉에게 건네주었다. 요셉은 꿈꾸는 듯한 표정으로 책과 카드를 번갈아 보았다. 그런 요셉의 머리를 할아버지가 쓰다듬었다. 바오로 할아버지의 따스한 마음이 손길을 타고 전해졌다.

요셉과 할아버지는 계단을 천천히 내려와 도서관 밖으로 나왔다. 화장실이 아닌 정문으로 도서관을 나온 건 오늘이 처음이었다. 요셉은 인사를 드린 뒤 할아버지와 헤어졌다.

집으로 돌아가는 길이 꿈처럼 느껴졌다. 빌리지에 가까워질수록 시끌벅적한 소리가 선명해졌다. 하지만 요셉의 귀에는 아무 소리도 들리지 않았다.

　나갈 때와 마찬가지로 집은 조용했다. 곧바로 이층으로 올라간 요셉은 아무도 없는 방에 불을 켰다. 이상하게도 방 안 공기가 달라진 느낌이었다. 요셉은 할아버지께 받은 그리스인 조르바를 텅 비어있던 책상 책꽂이에 꽂아 놓았다. 그리고 창고에서 외할아버지의 책 '차라투스트라는 이렇게 말했다'도 꺼내와 옆에 나란히 세워두었다. 그리고 침대에 앉아 책들을 바라보았다. 겨우 두 권뿐인 책꽂이가 왠지 꽉 찬 것처럼 느껴졌다.

　요셉은 도서관에서 빌려온 '노인과 바다'를 펼쳐보았다. 어쩐지 책에서 바다 냄새가 나는 것 같았다. 요셉은 목차를 자세히 살펴본 다음, 페이지를 넘겨 책을 읽기 시작했다.

　책은 어떤 늙은 어부의 이야기였다. 하지만 책에 미처 빠져들기도 전에 밖에서 소란스러운 소리가 들려왔다. 페스티벌에 갔던 엄마와 누나, 동생이 돌아온 모양이었다. 누나는 아직 흥이 가시지 않았는지 큰 소리로 노래를 불러댔고, 엄마와 드보라도 이번 공연이 유난히 멋있었다며 소리를 질러댔다. 잠시 뒤 방문을 연 엄마는 요셉이 책을 읽는 모습을 보곤 조용히 나갔다. 조금 후에 다시 방문이 열리더니 드보라가 고개를 빼꼼히 내밀었다.

"오빠 뭐해?"

요셉은 대답 대신 들어오라고 손짓했다. 그러자 드보라는 방으로 들어와 침대 옆에 나란히 앉았다. 요셉의 책을 바라보는 드보라에게서 솜사탕 냄새가 진하게 풍겨왔다.

"또 책 읽어?"

"응. 페스티벌은 즐거웠어?"

"응. 그런데 무슨 책이야?" 눈을 반짝이며 드보라가 물었다. 보조개 핀 모습이 꼭 인형 같았다. 요셉이 말없이 책 표지를 보여주자, 드보라가 천천히 제목을 읽었다.

"오빠, 이 책 어디서 났어? 빌리지 도서관에선 이런 책 본 적 없는데……."

역시 드보라도 뭔가를 알고 있었던 모양이었다.

"저기 있는 도서관 보이지?" 요셉이 창문 너머로 보이는 파빌리온 도서관을 가리켰다.

"오빠, 설마 파빌리온에 다녀온 거야?"

"응, 오늘 도서관 카드도 만들었어. 보여줄까?"

놀란 눈으로 바라보는 드보라에게 요셉이 도서관 카드를 꺼내 보여주었다. 드보라는 카드에 적힌 요셉의 이름을 보면서도 믿지 않는 눈치였다.

"정말로 파빌리온의 도서관에서 책을 빌려왔다고? 그래도 되는 거야? 안 혼났어?"

"그럼, 누구나 갈 수 있어. 우리도 얼마든지 파빌리온 도서관에 갈 수 있고, 책도 읽을 수 있어."

요셉이 웃으며 말하자, 입을 다물지 못하고 있던 드보라도 요셉의 카드를 찬찬히 들여다보기 시작했다. 책과 카드를 번갈아 보는 게 어쩐지 부러운 모양이었다.

"너도 같이 가볼래? 카드도 만들고."

요셉이 묻자, 잠시 생각한 드보라가 고개를 끄덕였다. 그런 드보라의 머리를 요셉이 쓰다듬었다.

"오늘 빌려온 책인데 같이 읽어볼래. 늙은 어부의 이야기야."

"오, 재밌겠는데. 그런데 누가 쓴 책이야?"

"글쎄, 누군지 볼까?"

요셉과 드보라는 표지 안쪽에 있는 작가 소개란을 함

께 읽기 시작했다. 책을 쓴 헤밍웨이는 1900년대 미국 작가로, 세계대전을 겪은 후 「무기여 잘 있거라」 「누구를 위하여 종은 울리나」 「노인과 바다」 등을 완성했다고 쓰여 있었다. 글을 다 읽은 드보라가 요셉에게 말했다.

"와, 헤밍웨이가 고교 시절에 풋볼 선수였대!"

"그렇네. 작가들은 하루 종일 책 읽고 글만 쓰는 줄 알았는데……."

"게다가 제1차 세계대전 때는 종군기자로도 활동했대."

"정말 대단한걸!"

요셉은 마치 자신이 종군 기자라도 된 듯 우쭐해졌다. 역시 바오로 할아버지께 책을 골라달라고 부탁드리길 잘했다는 생각이 들었다.

"오빠도 책만 읽으면 안 되겠는걸. 헤밍웨이처럼 멋진 사람이 되려면 말이야."

"그럴게 드보라. 그럼, 책을 읽어볼까?"

드보라가 요셉의 곁으로 바짝 다가와 앉았다. 하지만 곧 걱정스러운 얼굴로 요셉에게 물었다.

"나한테 너무 어렵지 않을까? 파빌리온에 있는 책들은

모두 어렵다고 하던데…….”

“아마 은유법 때문일 거야.”

“은유법? 그게 뭔데?”

“책에 쓰여 있지 않은 것들을 상상하고 꿈꾸게 하는, 일종의 마법이야.”

“마법? 그럼 나쁜 거야?” 드보라가 놀라 물었다.

“아니, 그렇지 않아. 파빌리온에 있는 책들은 은유법 때문에 처음엔 좀 어렵게 느껴지지만, 익숙해지면 훨씬 재미있어.”

“어떻게 해야 익숙해지는데?”

“보이지 않는 것을 그려내고 상상할 수 있어야 해.”

“내가 할 수 있을까?”

드보라는 영 자신이 없는 모양이었다.

“자, 눈을 감고 상상해 봐. 넓은 바다에 작은 조각배가 떠 있어. 그 아래엔 엄청나게 큰 물고기가 헤엄치고 있고…….”

드보라가 천천히 눈을 감았다. 잠시 뒤 눈을 뜬 드보라의 얼굴은 눈에 띄게 부드러워져 있었다. 둘은 나란히 앉아 책을 읽기 시작했다. 처음엔 읽는 속도가 좀 느렸지만, 점점 빨라졌다.

어느새 요셉과 드보라는 검푸른 바다 위에 떠 있는 작은 조각배 안에 앉아 있었다. 고요한 달빛이 드넓은 바다를 은은하게 비춰주었다. 그때 어디선가 갈매기 한 마리가 밤하늘에 나타났다. 갈매기는 잠시 주위를 맴돌더니 배 위에 사뿐히 내려앉았다. 바다 아래에는 집채만 한 물고기가 느릿느릿 헤엄치고 있었다.

지난 겨울, 한참 원고를 들여다보고 있는데 지나가던 딸이 다가와 물었다.

"은유법?"

"응, 엄마가 쓰는 소설 제목이야. 어때?"

"국어 시간에 배우는 그 은유법? 그걸로도 소설이 가능해?"

생각지도 못한 질문이었다. 그러고 보니 청소년을 위한 소설에 하필이면 제목이 은유법이라니. 문법이라면 질색하는 학생들이 과연 이 책을 읽으려 할까? 나는 소설을 끝내고도 제목 때문에 한동안 고심했다. 하지만 결국 '은유법'으로 결정했다. 책 속의 은유법은 시험이나 수능과는 관계가 없으니까.

소설 '은유법'은 길에서 우연히 봤던 작은 그림에서 시작되었다. 산타처럼 생긴 할아버지 무릎 위에 앉아 책을 읽는 작은 소년의 그림. 정말로 아름다운 모습이었다. 나는 그림 속 소년을 보며 저렇게 행복한 얼굴로 책을 읽을 수 있다면 얼마나 좋을까 생각했다.

점점 더 많은 학생이 책보다 영상을 찾는다. 꿈이 없다는 학생도 계속 늘어난다. 잘 먹고 잘사는 게 꿈이었던 기성세대에겐 좀처럼 이해하기 힘든 모습이다. 하지만 삶의 목표가 편안함과 즐거움인 세대에겐 어쩌면 당연한 일인지도 모른다.

이런 현실을 보며 나는 이런저런 생각에 빠지곤 했다. 지금보다 더 부유하고, 완벽한 복지국가가 완성된다면, 그래서 내 집 마련도 취업 걱정도 할 필요가 없다면, 우리는 무얼 고민하고, 무얼 꿈꾸게 될까. 꿈이란 게 여전히 존재할까.

고민 끝에 나는 우리의 미래를 디스토피아보다 유토피아로 결론지었다. 비록 많지는 않겠지만, 언제나 치열하게 책을 읽고 꿈꾸는 누군가가 있을 거라고. 그래서 '은유법의 마법'은 계속될 거라고 말이다. 그들의 여정에 늘 행운이 함께 하길 기도한다.

2023년 여름
복일경

은유법
© 복일경 2023

초판 1쇄 인쇄일 | 2023년 8월 1일
초판 2쇄 발행일 | 2024년 4월 1일

지은이   복일경
펴낸이   루카
펴낸곳   도서출판 세종마루
출판등록   제 2023-000012호
주소   세종시 마음로 322, 2201동 602호
전화   (0507) 1432-6687
E-mail   sjmarubook@gmail.com

ISBN   979-11-983476-0-2(43810)

이 도서는 한국출판문화산업진흥원의
'2023년 우수출판콘텐츠 제작 지원'
사업 선정작입니다.